「舌」は口ほどにものを言う
漢方薬局てんぐさ堂の事件簿

塔山 郁

宝島社文庫

宝島社

「舌」は口ほどにものを言う　漢方薬局てんぐさ堂の事件簿

第一話

用法

漢方薬入門

年　月　日

1

〈漢方薬局てんぐさ堂　相談無料・どなたでもお気軽にお立ち寄りください〉

路上に置かれたその看板を見つけて、加納有紀は足を止めた。

ああ、ここにあったのか。

新宿三丁目の裏通り、小さなビルが密集して建つ通り沿いだった。

看板がなければ、漢方薬局だと思わなかっただろう。通りに面する壁がガラス張りになった洒落た造りで、正面に立つと中の様子がよく見えた。

入口を入ってすぐに受付ブースがあって、中央はソファが置かれた待合室になっている。仕切りのついたカウンターが奥にあり、白衣を着た女性薬剤師が座っている様子が見えた。

へえ、こんなところだったんだ。

漢方薬局というと古臭い印象があるが、ここはお洒落で清潔そうだった。

有紀はあたりを見まわした。十一月の冷たい風が吹き抜ける路地に人影はない。あの男は、もう追っては来ていないようだった。しかし油断大敵という言葉もある。念のためにここで時間を潰そうか。自分にそう言い訳すると、有紀はその漢方薬局の入口をくぐった。

2

有紀は中堅の出版社に勤める編集者だ。

三十二歳で一人暮らし。仕事に追われる毎日を送っている。

新型コロナウイルスの感染拡大の影響があった頃、会社からテレワークを推奨されたが、仕事は楽になるどころか面倒になった。仕事柄、どうしても紙媒体を扱う必要があるからだ。電子データでやり取りすれば済むこともあるが、有紀の場合は現物を見ないと本になってからのイメージが湧かない。そのためにしばしば会社に足を運び、在宅ワークをしているスタッフとの打ち合わせには、メールやオンライン会議を使う頻度が多くなった。仕事の手順が増えたことで、これまで以上に疲労を覚えるようになり、肩凝り、頭と首と背中の凝り、目の疲れ、脚のむくみ、さらに片頭痛に悩まされるようになった。

もともと冷え性で、寒い時期、あるいは夏でも冷房の状態によっては手足の冷えが辛(つら)かった。体の不調だけでもこれだけあるのに、最近ではストレスや睡眠不足によるメンタル面の不調も感じるようになっている。

よくこれで仕事を続けているなと自分のことながら思うが、それでも別の仕事に就くことを考えないのは、やはりこの仕事が好きだからだろう。

　子供の頃から本を読むのは好きだったし、新たな知識を蓄えていくことに充実感を覚える性質だった。作者やデザイナー、その他スタッフと一緒に作った本が書店に並ぶことが嬉しく、読んだ人から面白かったと言われたり、評判になって売れたりすれば、その喜びもひとしおとなるわけだ。さらに、それが昇給や昇進に繋がれば、編集者冥利に尽きるわけだが、会社員として組織に属している以上、自分ではどうにもならないこともある。

　去年、入社以降ずっと所属していた文芸編集部から異動になったのだ。昇進して、肩書もつき、部下もできたが、それが新たなストレスを生み出した。まったく馴染みのない世界で、仕事のやり方も違うし、若い社員と自分の意識が嚙み合わないこともある。最初の頃は、自分がこれまで積み上げてきたものをすべて否定されたような気がして、辞めようかと本気で悩んだこともある。

　それでも持ち前の負けん気を発揮して奮闘した結果、最近になってようやく周囲とも馴染めて、仕事にも慣れてきた。よし。これからだ。そう思っていた矢先に今回のことがあったのだ。

　この日、有紀は池崎という男性と会社近くの喫茶店で会った。

　池崎は十年前に、有紀の勤める出版社が主催するミステリー小説の新人賞を受賞してデビューした作家だ。デビューに当たっては先輩のベテラン社員が担当についたが、新入社員だった有紀もアシスタントとして事務作業等の手伝いをした。しかし沼田聡というペンネームで出したデビュー作も、その後に出版した本もたいして売れず、それきり疎遠になっていた。

　だからメールが来た時もすぐに誰だかわからなかった。

　メールの内容は、とっておきの企画があるので御社での出版をお願いできないか、というものだった。有紀は困惑しながらも、文芸とは別の部署に異動したので期待には沿えない旨の返信をした。すると企画は小説ではなく、健康をテーマにしたルポルタージュだと言ってきた。担当の部署に紹介してもらえないかというのだった。

　健康本は需要がある。同期入社の森川という女性が実用書の担当をしていて、新しい健康ネタはないかと探していたことを思い出したのだ。とりあえず内容を確認してもいいだろう。

　企画の内容はメールで確認すれば事足りると思ったが、池崎は直接会って説明したいと言ってきた。念のために沼田聡で検索したが、ここ数年、そのペンネームで刊行した本はないようだった。仕事が立て込んでいることもあり、どうしようかと迷ったが、最初に仕事をした相手であるし、会社の近くの喫茶店で会うことにした。

　しかし実際に会って驚いた。当時の池崎は市役所に勤める、すらりとした印象の男性だったがすっかり変わっていたのだ。しわだらけの服を着て、ひげを伸ばし、ギラギラとした目つきをした風貌になっている。そして挨拶もそこそこに、手書きの資料をテーブルに広げて企画の説明をはじめた。

有紀と目も合わせることもなく、滔々(とうとう)と喋(しゃべ)り続ける池崎の姿に、以前のスマートな雰囲気はなかった。そして企画の内容も耳を疑うものだった。健康に関するテーマと言ったはずが、大麻(マリファナ)の有用性を主張する内容だったのだ。

『大麻解禁が日本を救う・超高齢社会への処方箋』

タイトルを見た瞬間、有紀は軽いめまいに襲われた。どこが健康のテーマだよ、と言いそうになったが、池崎は気づくことなく、話し続ける。

「近代医療では治療することのできない病気を治す力を大麻はもっています。これは近年の研究からわかってきた事実です。これからの時代、高齢者が増えて、医療費がかさんでいくことは目に見えています。年金も頭打ちだし、物価もどんどんあがっていく。健康保険だって、今の形であるとは限りません。十年後には、今まで以上に自分の健康は自分で維持することが必要な時代が来ているはずです。これは、そういった困難を乗り切るための秘策を書いた本なんです」

言いたいことはわかるが違法薬物をテーマにするのは考えものだった。読者がもっと身近に感じられることでないとウチでは出せない。そう言いたい気持ちを呑(の)み込んで、「……持ち帰って、検討したうえでお返事いたします」と言った。下手に感想を口にして、新たに理屈を言い立てられるのが嫌だった。ダメだろうなと思いつつ、森川に見せるだけ見せてみようという気持ちもあった。

その言葉を聞いて、池崎は我に返ったようにまじまじと有紀を見た。そして何を思ったのか、いきなり初めて会った時の話をはじめた。

「あの時は、リクルートスーツを着た新人そのままで、頼りなさそうだったけど、今は立派になったよね。あれからもう十年が経つんだものね。新人編集者も一人前のベテラン編集者になるはずだ」

昔の話とはいえ、いきなり頼りないと言われて有紀は内心ムッとした。なんだ、この人、そんな風に思っていたのか。しかし池崎はそれに気づくことなく、

「あらためて言うけど、これはすごい内容の本なんだ。絶対にベストセラーになるから、ぜひあなたの会社で出版してほしい。あの時に出した本はまったく売れなくて迷惑をかけたけど、これが埋め合わせになるはずだ。そうすれば加納さんの手柄にもなると思うから、ぜひ協力してほしいんだ」

話を聞いていて、思い込みの激しい人だなと思った。昔からこういう性格だったろうか。それともこの十年で変わったのかな。そんなことを思ったが、自分が深く関わるわけではないし、どうでもいいや、とそれ以上考えることをやめた。

「わかりました。担当者に伝えます」

次の約束があると言って、有紀は腕時計を見た。

「あっ、ちょっと待って」

池崎は慌てたように言うと、テーブルに広げた資料をまとめて封筒にしまった。その時、鞄からこっそり何かを出して、封筒に入れる様子が見えた。お金だろうか。うんざりした気分で目をそらす。そんなことをしても企画が通るはずもない。しかし中を見てもいないのに、この場で突き返すのも変だった。知らないふりで受け取って、そのまま資料と一緒に送り返せばいいだろう。

有紀は封筒を受け取ってショルダーバッグに入れた。別れの挨拶を口にして、コーヒー代のレシートを持って立ち上がる。精算して、領収書をもらって店を出ようとすると、すぐ後ろに池崎がいた。

「本当に自信のある企画なんだ。様々な病気や体の不調に悩む高齢者をはじめ、現代医療に限界を感じている医療従事者の人も、きっと興味を持つことを保証するよ」

背中越しにそう言って、あろうことか有紀の左肩に手を置いた。香水をつけているのか、甘ったるい匂いが鼻をつく。やめてください、と言いたかったが、打ち合わせによく使う喫茶店なので目立つ行動をしたくない。

「急ぐので、失礼します」

有紀は後ろを見ずに店を出た。
そこで失敗をした。会社と反対方向に歩き出したのだ。次の約束があると口にした故の失敗だ。少し歩いてから、こっそり戻ろうと思って、ちらっと振り返ると、池崎も喫茶店から出てきたのが見えた。こちらを見て、追ってくるような素振りを見せている。

有紀は怖くなって、そのまま後ろを見ずに歩き出した。

これまでも会社の帰り道に、見知らぬ男性につきまとわれたことが何度かあった。あまりにしつこくされて交番に助けを求めたこともある。さらに大麻に関わる強盗事件がすぐ近くで起きたばかりだということも思い出す。池崎がそれに関わっているとは思えないが、とにかく面倒なことには巻き込まれたくない。

有紀は細い通りを選んで闇雲に歩いた。気がつくと、自分のいる場所がわからなくなっていた。喫茶店を出て三十分近く経っている。もう大丈夫かなと思い、スマートフォンで会社に戻る道を検索した。

それに従って歩いている途中、以前から気になっていたてんぐさ堂を見つけたのだ。てんぐさ堂という名前を知ったのは偶然だった。

数週間前、担当した仕事が一区切りついて、部下と行った飲み屋で他の客の話が漏れ聞こえたことがあった。部下の行きつけだという小料理屋で、割烹着（かっぽうぎ）を着た、自分の母親ぐらいの年齢の女将が一人で切り盛りしている店だった。カウンターに座っていた中高年の男性が、盛んに女将に健康に関する愚痴を言っていた。

五十を超えて、だんだん朝が辛くなってきた。疲れているのに熟睡できないから、いつも寝不足で、昼飯を食った後はすぐに睡魔に襲われる。肩凝りもひどいし、腰も痛いし、何よりすべてに関してやる気が起きない。本当に年は取りたくないよ。これが男の更年期ってやつかなあ。

すると隣に座っていた年上らしき男性が、そういう時は漢方薬がいいぞ、と言ったのだ。

病院に行くほどでもないような体の不調を治すには漢方薬が一番だ。自分も毎日飲んでいる。その甲斐あって、こうして毎晩飲み歩いても体が辛いと思ったことは一度もない。

自信たっぷりに言う声に対して、漢方薬ねえ、と五十がらみの男は疑わしげな声を出した。

――なんて漢方薬を飲めばいいんだよ。

――それは症状による。自分で調べて薬局で買ってもいいが、面倒なら漢方薬局に行くといい。この近くにいい漢方薬局があるぞ。懇切丁寧に相談に乗ってくれるので、なかなか評判もいいようだし、綺麗な女性薬剤師がいるので目の保養にもなる。体の不調を改善したいなら、一度行ってみたらいいんじゃないのかな。

部下と話をしながらも、有紀は耳をそばだてて、こっそりその話を聞いていた。

健康ではないが、病気ともいえない状態を東洋医学では未病（みびょう）といい、改善するには漢方薬がいい、という話を同期の森川からも聞いていたからだ。それで体の不調を改善したいと思い、漢方薬を調べたことがある。

未病とは、病気として発症はしていないが、体のどこかに症状がある状態だ。健康な人がいきなり病気になるのではなく、その間に未病というボーダー期間があると考え、病気になる前に改善を促す考え方だということだった。

森川から勧められたり、ネットで見たりした薬を飲んだこともあるが、効いているのか、効いていないのか実感できずに、しばらくすると飲むこと自体を忘れていた。

そうか。漢方薬局に行くという発想はなかったな。

感心した有紀は、そのまま盗み聞きを続けて、てんぐさ堂という漢方薬局が、花園（はなぞの）神社から明治（めいじ）通りを越えた先の裏通りにあるらしいことを知ったのだ。

会社からは徒歩で十分ほどの距離だった。時間ができたら行ってみようかな。そんなことを考えながらも、結局は忙しいままに忘れていた。

それをこのタイミングで見つけたというわけだ。

〈漢方薬局てんぐさ堂　相談無料・どなたでもお気軽にお立ち寄りください〉

今は就業時間中であるが、立場上ある程度の裁量は認められていたし、池崎が自分を探しているかもしれないと思うと、すぐに会社に戻ることを躊躇した。タクシーを拾って戻る手もあるが、池崎は会社の場所を知っている。もし入口で待ち伏せをされていたら……。さすがにそこまではしないだろうと思いながらも、過去につきまとわれたことを思い出すと怖くなる。それで有紀はてんぐさ堂に入ったのだ。

受付に白いブラウスの上に紺のベストを着た小柄な女性が立っている。

「いらっしゃいませ。ご予約のお客様ですか」

にこやかな笑顔を向けてきた。髪はショートボブで、メイクはナチュラル。年齢は二十代半ばくらいだろうか。目がくりっとして、可愛らしい顔立ちだ。

「予約はしてないんですが、前を通ったら相談無料という看板が目に入ったので……」

有紀は遠慮がちに口にした。

「てんぐさ堂に、お越しくださりありがとうございます。現在ご予約のお客様で薬剤師の手がふさがっておりまして、ご案内するには十五分ほどお時間をいただくことになりますがよろしいですか」

　女性が申し訳なさそうに頭を下げる。

「かまいません。待ちます」

「かしこまりました。こちらにどうぞ」

　待合室のソファに案内された。念のため窓に背を向けて座る。

「お待ちいただいている間に、こちらに記入をお願いします」

　Ａ４サイズの紙を三枚挟んだボードとペンを渡された。紙にはそれぞれ問診票、薬歴簿、アンケートという題がついている。

　氏名、住所、電話番号、生年月日、職業といった個人情報に加えて、体質や性質、体の各部位に関する質問、現在お困りの症状はどんなことですか、普段飲んでいる薬やサプリメントはありますか、アルコールは飲みますか、煙草（たばこ）は吸いますか、食事は一日に何回とりますか、好きな食品は何ですか、運動は週に何回しますか、妊娠はしていますか、月経は順調ですか、薬剤師との面談はどれくらいの時間がお望みですか、といった問いが並んでいる。

　体質は〈疲れやすい〉、性質は〈安定〉、困っている症状は〈肩凝り、疲れやすい、寝不足、めまい〉にチェックをつけた。アルコールは〈よく飲む〉、煙草は〈吸わない〉、好きな食品は〈肉類、海産物、麺類、コーヒー、甘いもの〉、運動は〈週にゼロ回〉を選択した。

書き終えてから、あらためて自分の不健康さに苦笑した。

栄養バランスを考えた献立に変えるか、もっと運動をした方がいいようだ。とりあえず、帰宅時にひとつ手前の駅で降りて歩いてみようかなと考える。

すべての項目を書き終えて、ぼんやりとあたりを見まわした。白を基調にした内装は上品で清潔感が感じられるものだった。天井や壁に取りつけられた間接照明の光も柔らかく、聞こえるか聞こえないかほどの音量でフリージャズ風のBGMが流れている。ホテルのラウンジのような居心地のよさを感じて、有紀はほっと息をつく。

それでもここが漢方薬局とわかるのは、壁際に円筒状のガラス瓶が整然と並べられていて、中に漢方薬の原料らしき物が収められているからだ。

ぼんやりそれを眺めていると、やがて受付の女性が呼びに来た。

「お待たせしました。加納様。用意ができましたので、こちらにどうぞ」

外から見た女性薬剤師が接客をしている隣のブースに案内された。カウンターの向こうには、ほっそりした男性薬剤師が立っている。年齢は有紀と同じ三十代前半か、あるいはもう少し上だろう。柔和な笑みを浮かべて、有紀と目が合うと、軽く会釈した。

「こちらは薬剤師の宇月啓介です。どんなことでも気軽にご相談ください」

男性薬剤師をそう紹介すると、受付の女性は椅子に座った有紀の前にミネラルウォーターのボトルをそっと置いた。

「失礼します」

有紀に一礼すると踵を返して去っていく。きびきびして、動きにそつがない。部下にするにはいい女性だな、と有紀は頭の片隅で考える。

「宇月です。今日はよろしくお願いいたします」

そう挨拶されて、有紀は余計な考えを振り払った。

「こちらこそ、よろしくお願いします」有紀も頭を下げ返す。

宇月はゆっくり椅子に腰かけた。脚が悪いのか、腰を下ろす仕草がどこかぎこちない。

「加納有紀様ですね。お困りの症状は手足の冷え、肩凝り、疲れやすさ、寝不足、めまいで間違いないですか」

有紀が書いたアンケートとタブレットを手元に置いて質問をする。

「はい。そうです」

と答えたものの、あらたまって言われると、そこまで大変ではないという気持ちにもなってきた。

「あの……我慢できない程でもないんですが、漢方薬が効くという話を聞いて、それで試してみようかなと思ったんです」

どこか言い訳をするような口調で有紀は言った。しかし宇月はそっと笑って、

「どんな種類の不調であっても我慢することはないですよ。病院やクリニックに行くほどでもないし、行っても原因はわからないから——そう言って、治療を諦めている方はたくさんいらっしゃるようですが、僕はそういう方にこそ漢方薬を試してほしいと思っています」

「それは漢方薬には未病を改善する力があるからですか」

「よくご存じですね」宇月が驚いた顔をする。

「知り合いから聞きました」

「たしかに漢方薬には未病を治す力があります。そもそもの話、未病という概念が漢方医学と関わりがあるんです。中国の古い医学書に、いい医者は未病を治す、という言葉があって、そこから取られた言葉です」

「病気ではないけど、健康でもない状態ってことですよね」

「その通りです。病名がつかないと現代医学では治療ができませんが、漢方薬を使えば、その状態を改善できる可能性があるということです」

宇月は涼しげな目元と長い睫毛(まつげ)が印象的な顔立ちをしていた。笑うと目尻が下がって、さらに親しみを感じさせる顔になる。女性にもてそうな雰囲気を持っているな、

と有紀は思った。

「それではこの後の進め方ですが、最初にカウンセリングをして、その後に薬の選定と調剤を行います。飲み方や服用中の注意点などの説明をして、最後にお薬をお渡しします。通常そこまでで一時間半から二時間ほどの時間がかかります。ただし加納様の希望される時間は一時間ということで、カウンセリングが駆け足になりますが、そこはご了承くださるようにお願いいたします」

通常で一時間半から二時間って、そんなにかかるものなのか。

「あの、ちょっと待ってもらっていいですか」有紀は思わず割り込んだ。

「実は、表の看板を見て立ち寄っただけで、まだ薬を飲むかどうかを決めていないんです。カウンセリングをする前に漢方薬がどんなものか教えてもらってもいいですか」

「なるほど。わかりました」

宇月はにっこり笑って頷いた。

「漢方薬がどんなものかということですが、具体的には目で見てもらうのが早いでしょう」

どうぞ、あちらをご覧ください、と宇月は壁際に並んだガラス瓶を指さした。

有紀は椅子を回転させてそちらに目を向けた。

「左から順に黄耆、桂皮、生姜、陳皮、甘草と並んでいます。それぞれ植物からなる生薬（しょうやく）です」

有紀は目を凝らした。ガラス瓶の中にあるのは、それぞれ枯れ枝や木の根のようにしか見えないものだった。

「黄耆はマメ科のキバナオウギ、あるいはナイモウオウギの根を乾燥させたものです。桂皮はクスノキ科のケイという樹木の幹や枝の皮を乾燥させたもので、そこから作られる香辛料がシナモンやニッキです。生姜は文字通りショウガですが、漢方薬はすべて漢字を音読みしますのでショウキョウと呼ばれます。陳皮はミカンの皮を一年以上陰干しして、乾燥させたものです。甘草はマメ科の植物の根で、文字通り甘い草として漢方薬以外でも甘味料として使われています」

「面白いですね」有紀はその横のガラス瓶を指さした。

「あのセミの幼虫の抜け殻も生薬なんですか」

「蟬退（せんたい）はスジアカクマゼミの幼虫の抜け殻です。生薬とは自然界の植物、動物、鉱物からなる天然由来の薬で、それを複数組み合わせたものが漢方薬となります」

宇月はカウンターの中からA4サイズの本を取り出した。漢方薬を写真入りで解説した物だった。

「これが牡蠣（かき）の殻を原料とした牡蠣（ぼれい）で、こっちは大型哺乳類の化石化した骨を原料にした竜骨です。他にシカの角、カメの甲羅、タツノオトシゴを使った生薬もあります」

　ページをめくりながら説明してくれる。

「中国最古の薬物学書である『神農本草経』がまとめられたのが一、二世紀の頃と言われています。そこには三百六十五種類の生薬が収録されていますが、時代が下るにつれて、種類も増えて、現在では五千七百六十七種の生薬があるとされています」

「そんなにですか」と有紀は目をまるくした。

「神農本草経は、生薬について書かれた最も古い書物で、それぞれの生薬を薬効の強さによって、上品・中品・下品の三種類に分類しています。上品は長期に使用しても問題がないもの。中品は長期の使用に注意が必要なもの。下品は作用が強く、一度の使用でも注意が必要なものです」

　そういった性質の違う生薬を組み合わせて構成されるのが、漢方薬の特徴だとのことだった。

「その分類は、現代医学の観点でも妥当とされています。二千年前の古代中国において、すでにそれだけの知識があったわけで、それが綿々と受け継がれてきた結果が現在の漢方薬ということです」

　宇月はすらすらとそんな話を口にした。語り口は柔らかで、内容もわかりやすい。普段から話し慣れているようだ。

「中国二千年の歴史の賜物ですか。やっぱり中国の薬は奥が深いですね」

有紀は単純に感心したが、宇月はにこりと笑って、

「漢方薬は中国の薬ではありませんよ。日本の伝統医学である漢方医学で使用される薬です」

「どういうことですか。漢民族の薬だから漢方薬じゃないんですか」

「漢方医学の起源はおっしゃる通り中国です。五世紀頃に日本に渡来しましたが、その後に日本国内で独自の発展を遂げました。現在ではもっぱら西洋医学と融合した運用をされて、中国で使われている伝統医学とは別物になっています。そもそも漢方医学という言葉が日本独自の呼び方なんですよ。中国ではそれを中国医学や中医学などと呼んでいます」

そう言われてもよくわからない。有紀の戸惑いに気づいたのか、宇月はさらに丁寧に説明してくれた。

「漢方という呼称は江戸時代、オランダから渡来した西洋医学が蘭方医学と呼ばれたことに由来しています。それに対して漢民族の医学が漢方医学と呼ばれるようになったわけです。明治時代になると西洋医学が国の医学に選定されて、ただの医学となりました。その結果、漢方医学という言葉だけが残ったわけです」

その後、漢方医学は廃（すた）れていったが、時代が過ぎるにつれて西洋医学にも限界があるとわかった。そこで漢方医学の良さが見直されるようになり、復権を遂げた末に現

在に至ったということらしかった。

「そんな歴史があったんですね。知りませんでした」

しかし、それでさらに疑問が湧いてきた。

「漢方薬が見直された理由って何ですか。西洋医学にはない長所があるということですか」

「効果が穏やかで、副作用があまり出ないところが長所だと言われていますね。さらに病名がつかない心身の不調――虚弱体質、更年期障害、倦怠感、食欲不振、慢性疲労、睡眠障害などにも効果があります。最近では新型コロナウイルス後遺症の治療に使用されるケースもあるようです」

ちなみにですが、加納様は漢方薬を使用した経験はありますか、と宇月は訊いた。

「そうですね」有紀は少し考えた。

「当帰芍薬散を同僚に勧められて飲んだことがあります。あとは風邪の時に葛根湯を飲みますね」

「葛根湯は、風邪のどんな症状が出た時ですか」

「ひきはじめです。ぞくぞくして寒気がしたり、くしゃみが出て、喉に違和感があった時です。風邪のひきはじめには葛根湯って、昔テレビのＣＭでやっていた記憶があります」

「なるほど。では、風邪のひきはじめに葛根湯を飲むのがいい理由はご存じですか」

有紀は首を横にふった。

「知りません。考えたこともありませんでした」

「葛根湯は葛根を主成分に七つの生薬を配合した薬で、体の表面を温めて、発汗を促します。西洋医学の観点から言うと、熱をあげることで体内に侵入した細菌やウイルスを弱らせる効果があるわけです。だから葛根湯は風邪の初期症状が出た時に飲むべきで、発熱した後で飲んでも効果はさほど期待できません」

細菌やウイルスが少ないうちなら撃退できるが、増殖してしまった後では間に合わないということらしい。

「さらに近年の研究で、含まれている成分に抗炎症作用があることもわかっています。だから風邪の初期症状以外で、肩凝りや筋肉痛にも効果があるとされています」

「へえ、そうなんですか」

慢性的な肩凝りに悩まされている有紀には耳寄りな情報だった。

「でもドラッグストアでも漢方薬は売っていますよね。ここで扱っている漢方薬はそれとは違うんですか」

「ドラッグストアで販売されている漢方薬は、生薬の成分量を抑えたものが多いですね。不特定多数の人が買うわけですから、副作用のリスクを減らすためにそうしています。でもOTC薬として販売している漢方薬の箱には、配合されている生薬の分量が記載されていますよ」

　OTC薬とはオーバー・ザ・カウンター薬の略称で、カウンター越しに販売できる薬のことを言うそうだ。

「満量処方と書かれていたら、日本薬局方に記載された生薬の最大量を使って作られた薬になります。二分の一処方と書かれていたら半分の量の薬です」

　日本薬局方とは、日本国内で使われている薬品の品質・純度・強度の基準を定めている公定書の名称だと宇月は教えてくれた。

「ウチで扱っている薬は、湯剤とエキス剤がメインです。湯剤は煎じ薬とも呼ばれるもので、細かく刻んだ生薬を土瓶で煎じて煮出した湯液を服用します。患者さんの状態に応じて、生薬の量や配合を変えて作るのが特徴で、いわばオーダーメイドの薬と言えるものです。ただし毎日煎じるのが面倒だという患者さんもいらっしゃいますので、そういう方にはエキス剤をお勧めしています。エキス剤は煎じ薬を濃縮、乾燥して、粉末にしたもので、お湯に溶かして服用します。満量処方から四分の一処方まで幅広く取り揃えているので、そちらでも様々な症状に対応できます」

　オーダーメイドの湯剤に対して、エキス剤は既製品ということか。

「ドラッグストアと漢方薬局の違いには、薬剤師が個別に相談に乗れるかどうかということもあります。さきほど副作用はあまり出ないと言いましたが、飲み方によっては重大な問題が起こる危険もあります。複数の生薬を配合した薬なので、知識がないまま色々な漢方薬を飲むと、特定の生薬を過剰摂取する危険があるんです。また漢方薬に即効性はないので——一部頓服として使われる薬もありますが——服用する場合は長期的に考える必要があります。そういう意味でも服用を考えた際には、薬剤師に相談することをお勧めいたします」

宇月の話しぶりは丁寧で、内容も面白かった。

あらためて漢方薬に対する興味が湧いてきた。しかし、体質改善を目的にするなら、長期にわたって飲む必要があるわけで、仕事に追われる日々が続くと、つい面倒になりそうだ。

「もうひとつ訊いてもいいですか。宇月さんは薬剤師ということですが、それは漢方薬専門の薬剤師ということですか」

薬剤師といえば病院や調剤薬局にいるものだと思っていた。漢方薬局の薬剤師というのはそれと違う資格が必要なのだろうか。

「薬剤師国家試験に合格しないと薬剤師を名乗ることはできません。私は大学の薬学部を卒業して、薬剤師の国家資格を取得した後、個人的に興味をもって漢方医学を勉強して、漢方薬・生薬認定薬剤師の資格を得ています」

それは薬剤師資格を持っている人のみが取得できる資格とのことだった。二義的な資格なので、それを持っていて調剤薬局やドラッグストアで働く薬剤師もいれば、持たずに漢方薬局で仕事をする薬剤師もいるそうだ。

「漢方医という言葉を聞いたことがありますけれど、それはどうなんでしょう」

「薬剤師と同様、日本国内で医師を名乗るには医師免許が必要です。中国政府が認定した中医師という資格もありますが、これだけを以(もっ)て日本国内で医師を名乗ることはできません。漢方医も同様に、漢方医学を修得した医師が名乗れる名称と思って下さい」

ウチに薬剤師は三人いますけれど、と宇月は後ろの壁を指さした。『当薬局の薬剤師』と書いてあるボードに名前を記したプレートが下がっている。

宇月啓介
神崎彩音(かんざきあやね)
城石達也(しろいしたつや)

「三人とも漢方薬・生薬認定薬剤師の資格を持っています」

なるほど。有紀は頷いた。

外から見かけた女性薬剤師が神崎という人か。

　それはわかったが、また別の疑問が思い浮かぶ。

「そもそもの話ですが、漢方薬と普通の薬の違いはどこにあるんですか。生薬を使っているかどうかの違いですか」

「西洋医学で使用される薬は、基本的に化学合成された単一成分からなるものです。対して漢方薬は二種類以上の生薬を配合して作られた薬です。西洋医学は病気の原因を探して、その治療を行うことを目的とします。薬もそのために使用されますが、漢方薬は違います。その人の体質と症状を同時に改善する目的で使われるんです」

『西洋医学は病気を診て、東洋医学は病人を診る』という言葉があります、と宇月は言った。

「人間の体には病気を防ぎ、体を健康に保とうとする力があります。西洋医学でいう免疫力ですね。東洋医学ではそれを正気（せいき）と呼び、対して病気をもたらすものを邪（じゃ）と呼びます。人間が病気になったり、体調を崩したりするのは正気と邪のバランスが崩れたからで、そのバランスを戻すための治療を行うのが漢方医学というわけです。西洋医学は悪い部分を治すことを主眼としているので、そこが大きな違いと言えます」

　宇月の言葉は穏やかで、終始その口調は変わらなかった。すらすらと解説してくれるのでつい聞き入って、どんどん質問してしまう。それからも細かいことをいくつか訊いたが、ついには、「漢方医学に興味を持ってもらえて僕も嬉しいのですが、時間が限られているので、そろそろカウンセリングをはじめたいのですが……」と申し訳なさそうに言われてしまった。

「ごめんなさい。お願いします」

有紀は慌てて頷いた。

カウンセリングは、記入した問診表と薬歴簿をもとに宇月が質問して、有紀がそれに答えていく形式で行われた。

「肩と背中はどのあたりが凝りますか」

「手足の冷えはお風呂に入ると改善しますか」

「頭痛が起きるのに季節や天候は関係ありますか」

「月経の周期は規則的ですか」

「お酒はどれくらい飲みますか」

「どの症状を優先して改善したいですか」

宇月の質問は淀(よど)みなく、有紀はすらすらと答えていった。宇月の喋り方には、こちらを包み込んでくれるような安心感がある。だからカウンセリングの最後に、「舌を見せてもらってもいいですか」と言われた時もすんなりと受け入れた。

「舌診(ぜっしん)という診察方法です。全体的な症状と消化器官の状態を読み取ります。正常な舌は多くがうす紅色ですが、体調によって淡白な色になったり、濃い紅色になったりします。舌苔からは消化器官の状態がわかります。それによって薬が合うか合わないかの判断もできるんです」

耳鼻科や歯科で口をあけるのと同じ感覚で、有紀は口をあけて舌を出した。しかし次の言葉には少しばかり躊躇した。

「次にお体の匂いを確かめさせてもらってもよろしいですか」

「……匂いですか」

「匂いは患者さんの情報を得るための重要な情報源なんです。もちろん無理にとは言いません。抵抗があれば、それ以外のことから判断いたします」

体の状態が匂いに現れるという理屈はわかる。しかしだからといって、他人に匂いを嗅がれることには抵抗がある。断ろうかと思ったが、匂いから何がわかるのかと興味が湧いた。

「わかりました。どうすればいいですか」

「そのままで構いません」

宇月はカウンターのテーブルから身を乗り出して、鼻を有紀の体に近づけた。しかし思ったほどに距離は縮まらない。左肩、胸、右肩のあたりに鼻を近づけてから、「ありがとうございます。もういいですよ」と微笑んだ。

「これだけでわかるんですか」

「実は、学生の頃に事故に遭って、体が少し不自由になったんですが……」

宇月は左手をデスクの上に置いた。たしかに指がかすかに曲がっている。

「左手だけ、まっすぐに伸ばすことができません。左脚や他の部分にも軽い麻痺があります。その埋め合わせというわけでもないのでしょうが、嗅覚と聴覚が以前よりも鋭くなりました。というわけで、これだけでも十分にわかります」

宇月はペンを使ってタブレットに入力しながら、漢方医学では四診という方法で患者さんの診断を行います、と説明してくれた。

望診、聞診、問診、切診の四つで四診というそうだ。

「望診は患者さんの動作や状態、顔色や皮膚を観察する方法です。聞診は、声や呼吸の音を聞いたり、呼気や体臭を確認する方法で、問診は、患者さんから自覚症状や病歴、生活習慣などを聞き取る方法です。切診は患者さんの体に触れて脈や筋肉の状態を診る方法ですが、日本では医師以外が患者さんの体に触れて治療を行うことはできません。よって先の三つの方法で患者さんの証を確認します」

また知らない言葉が出てきた。

「証って何ですか」

「患者さんの状態を表す尺度です。体質、体力、抵抗力、症状などから判別したもので、それに合わせて薬を決めます」

　もっとくわしく訊きたかったが、さすがに時間の余裕がなさそうだ。家に帰ってから自分で調べようと考えた。

「冬を迎えるに当たって、まずは手足の冷えを何とかしたいということが加納様のご希望でしたよね。ついてはこの薬をお勧めいたします」

　宇月はタブレットを操作して、カウンターの下から薬の説明がプリントされた紙を取り出した。桂枝加朮附湯（けいしかじゅつぶとう）という薬の説明が書かれている。

「加納様は、体を温める力が弱い体質だと思われます。体の内と外から温めても、なかなか温まらず、逆に熱が逃げるという悪循環が起こっています。そこで体を温める桂皮や附子（ぶし）が配合された桂枝加朮附湯を選びました。体を温める力が弱い体質の方は、夏のうちから体を冷やさないように過ごすことが大切です。冷房の効いた室内に長くいたり、冷たい食べ物や飲み物を多く摂（と）ると体が冷えて、むくみやすくなります。ネギ、ニラ、ニンニク、ショウガ、トウガラシ、羊肉など体を温める作用の強い食物を摂ると体質改善につながるのですが……」

　これでは癖の強い食品ばかりになりますね、と宇月は苦笑した。

「加納様にはシナモンがいいかもしれません。生薬でいう桂皮です。体の冷えを取り除き、血の巡りをよくする成分が含まれているので、これからの季節はシナモンティーがお勧めです」

「なるほど。シナモンティーですね」

いいことを聞いたと頷きながら、示された薬の値段に目をとめた。

想像していたよりも少し高かった。一度や二度ならそれでもいいが、長期の服用を前提とするなら考えものだった。同じ金額を払えば、エステサロンでフェイシャルとボディのマッサージを毎月じっくり受けられる。

うーん。どうしよう。

宇月が提示したのは湯剤であって、エキス剤ならもう少し廉価になるようだ。しかし効果としては湯剤の方が期待できる。体調の変化に応じて、今後配合する薬の分量を変えられるというメリットもあるそうだし……。

「——時間をもらってもいいですか」

くわしく説明してくれた宇月には悪いが、焦って答えを出したくない。

「かしこまりました」

宇月は嫌な顔もせずに、桂枝加朮附湯の説明が書かれた紙を有紀に渡した。

「まずはOTC薬で試していただき、効果が実感できてからいらしていただいてもいいですよ。カウンセリングの内容は記録しておきますので、またいらしていただければこの薬をお出しできるようにしておきます」

「ごめんなさい。長々と話をした挙句に何も買わないで」有紀は頭をさげた。

「お気になさらずに。これをきっかけに漢方薬に興味を持っていただければ幸いです。加納様の体の不調がよくなることをお祈りしています」

宇月の態度は終始変わらない。仕事とはいえ、不満もあるだろうに、それを表情や態度に出さないところは流石だと思った。

ふと、前に社内の見本でもらった行動経済学の本で読んだ内容を思い出した。人はモノを買う時、何を買うかということ以上に、誰から買うかを重要視する傾向があるそうだ。その伝で言えば、宇月は販売員として、他の職業についても成功を収めそうだった。

……いや、違うか。

売れれば、どんなものでもいいというわけではないだろう。

おそらく宇月は漢方薬が好きなのだ。興味があることを仕事にしているから、これだけ楽しそうに働いているように見えるのだ。

羨ましいな。

有紀は自分のことに引き合わせて考えた。入社以来、籍を置いていた文芸担当の部署から異動する時、言葉にできないような喪失感を味わった。

子供の頃から小説を読むのが好きで、こっそり作家を志した時期もある。しかし自分に創作の能力はないと気がつき、それからは編集者になるための道を探った。努力の甲斐あって、編集者になり、第一希望の文芸担当に配属された。大勢の作家と仕事をして、ベストセラーといえる本を手掛けたこともある。

しかしその結果として、まるで畑違いの部署に異動になった。社内的には栄転で、低迷している部署を立て直すための梃子入れだと言われた。これまでとは違う観点からの本作りを若い人たちに教えてやってほしい、と部長直々にお願いもされていた。

肩書がつき、部下もできたが、それに二乗するように苦労も増えた。心身の不調を誤魔化しながら、会社の期待に添えるように頑張ったが、それでも成果はあがらず、自分には向いていないと退職することも考えた。

しかし、しばらくすると、自分がらしくないことをしていると思った。

上司の言葉を意識しすぎたあまり、自分がこの部署をなんとかしなくては、まずは部下たちを教育しなくては、という気持ちが前のめりになっていたことに気がついたのだ。

それに気づいてからは肩の力を抜くことにした。まずは部下の意見を聞いて、自分から歩み寄ることを意識した。それでようやく部下たちの有紀を見る目が変わった。気兼ねなく話ができるようになって、有紀も新たな仕事に新鮮な気持ちで向き合えるようになった。それまでは文芸担当に未練があって、今の部署は自分に向いていないという意識が強くあったのだ。それに気づくまでに一年かかった。

会社員であれば、自分の意図しない仕事をしなくてはいけない時もある。薬剤師のような専門職ならそんなことはないのだろうな。そういう意味では羨ましいと思った。しかし、それなら会社員でも専門職でもない人はどうなのだろうと、ふと思った。

池崎のことを思い出す。先ほど会った彼ではなく、十年前に会った彼のことだ。新人賞を受賞して舞い上がった池崎は、本が出版される前に早々に役所を辞めてしまった。事後にその話を聞いた有紀の先輩社員は、早まったことをしたな、と顔を青くした。新人賞を受賞したからといって、その作品が売れるかどうかはわからない。だから受賞の知らせを伝えると同時に、くれぐれも仕事を辞めないでくださいね、と釘(くぎ)を刺していたからだ。

しかしそれにもかかわらず池崎は仕事を辞めた。仕事がよほどのストレスになっていたのかもしれないが、あれは明らかに勇み足だった。

あれから十年。彼はこれまでどこで何をしていたのだろう。どこかでルポルタージュの仕事をしていたのか。でもそれなら有紀には連絡してこないはずだ。たぶん書く仕事はしていなかった。他の仕事をしながら、書かせてくれるところを探していたのだろうと思われた。

だけど、よりによって大麻とは。もう少し万人受けしそうなテーマならよかったのにな。

そんなことを考えながら、「……じゃあ、これで」と有紀はショルダーバッグを持って立ち上がろうとした。

重い。

池崎から受け取った資料のせいだ。ここに来る時は逃げることに必死で気にしなかったが、あらためて持ち上げるとひどく重い。これでまだ肩凝りがひどくなる。どこかに捨てていこうか、と腹立ちまぎれに考える。いや、もちろんそんなことはしないけど。

すると、宇月に何かを訊かれた。

「えっ？」有紀は訊き返した。

「お帰りは駅の方に行かれますか」宇月が質問を繰り返した。

「いえ……逆です」

有紀はかぶりをふった。有紀の会社は駅とは反対の方角にある。

「そうですか。帰り道にはお気をつけくださいね。最近、このあたりで大麻がらみの強盗事件があって、普段よりも警察官が多くいますので」

大麻と聞いてドキッとしたが、事件のことは知っている。

「事件があったのは二丁目の方ですよね」

飲み屋や風俗店が建ち並ぶエリアでの事件だと聞いている。

「そうですが、実はそれ以前にも大麻の売人がからんだトラブルが数件あったようです。近所の方から聞きました。事件にはなっていないようですが、そのために警察がピリピリしています。無用なトラブルを避けるなら迂回する道を通った方がいいかもしれません」

「……わかりました」

どうしてそんな注意をするのだろうか。

そう思いながらも、時間が気になり、有紀は席を立った。

3

ショルダーバッグを重そうに肩に掛けながら、加納が薬局を出て行った。

「ありがとうございました」

天草奈津美は両手を膝の上に添えて、きっちり四十五度の角度でお辞儀をした。

そのまま頭をあげると、すぐに後ろを振り向いた。一時間以上話をしていたのに薬を売った気配がない。待合室を横切り宇月のもとに歩み寄る。

「――宇月さん」

「なんでしょうか。天草さん」

タブレットを操作していた宇月が顔をあげる。

「今のお客様ですが、お買い上げになったものはありますか」

「いいえ。カウンセリングだけで終わりました。桂枝加朮附湯をお勧めしたのですが、もう少し考えてみたいということでしたので」

「それにしては時間が長かったようですが」

「漢方薬の基本的なことを教えてほしいというご依頼があって、説明していたのでこの時間になりました」宇月は淡々と口にする。

「……いいですか。宇月さん」奈津美は声を低くした。

「ウチは保険調剤薬局じゃなくて漢方薬局です。待っていれば、患者さんが処方箋を持ってきてくれる仕事とは違うんです。あなたの給料がどこから出ているのか、それをよく考えてください」

　薬剤師免許に記された生年月日からすると、宇月は現在三十六歳だった。薬科大学を卒業して三年目、この八月で二十七歳になった奈津美からすれば、九歳年上ということになる。そんな宇月に向かって、小言めいたことを言うのは、奈津美にしても心苦しいことだった。

　しかし当の宇月は殊勝な顔をして、神妙に奈津美の言葉を聞いているものの、その反応に際立ったところはない。これまでも同じ小言を何度も口にしているが、宇月は反論もしないし、嫌な表情を見せることもしない。いつも大人しく聞いているだけなのだ。

最初は、ちゃんと聞いているのか、右から左に聞き流しているのではないかと疑ったこともあったが、採用から一ヶ月が経って、これが彼の普通の姿だとわかってきた。のれんに腕押し。ヤナギに風。こちらが何を言っても、宇月はその態度を変えない。話をすれば、彼が漢方医学に関する豊富な知識を持っていることはわかる。しかし現時点では、その能力が十二分に発揮されているとは言えなかった。

薬剤師の仕事は、薬の正しい知識をお客様に伝えて、適切に販売することにある。しかし医師が作った処方箋通りに薬を出して、七割、あるいはそれ以上の金額を健康保険組合に請求すれば事足りる保険調剤薬局の仕事とここの仕事は違うのだ。客がすべての金額を財布から出してくれないと売上にならない。

そういう意味では、宇月はいまだてんぐさ堂の戦力になっていなかった。

「ご心配、およびご迷惑をかけて申し訳ありません」

それまでと変わらない表情で宇月は丁寧に頭を下げた。

「漢方医学については独学で勉強しましたが、本格的な漢方薬局で働くのはこれが初めてなんです。段々と慣れてきたので、そろそろ積極的に売り込んでいこうかなと思います」

「思っているだけではダメです。実際に行動してくれないと困ります」

宇月が神妙な態度を取るせいか、つい説教めいた台詞が口をつく。

それにしても、年下の女性上司に説教をされて、ここまで素直な態度を見せる男性も少ないだろう。立場上、これまでにも同年代や年上の男性薬剤師に注意をしてきたが、あからさまに反論しなくても、わざとらしく視線をそらせたり、口をへの字に歪めて内心の不満を表す男性薬剤師が多かった。しかし宇月はそういう反応をまったく見せない。最初のうちはやる気がないのかと心配にもなったが、一緒に仕事をしてきて、それとは違うとわかってきた。

彼は、男のプライドというような肩肘張ったものを持ち合わせていないのだ。性別と年齢にも囚われていなかった。

そういう意味では、一緒に仕事をしていて楽だった。部下にするには理想的な男性と言えるだろう。これで売上さえあげてくれれば何の文句もないのだが――。

そう思うせいで、つい叱咤激励の言葉が口をつくのだ。

「もっとしっかりしてください。これではあなたを雇った意味がありません」

本人がしれっとしたままなので、さらに小言が続いてしまう。

「まあまあ、奈津美ちゃん」

横からなだめるような声がした。

「入ってまだ一ヶ月だし、そんなにガミガミ言っても仕方ないわよ。小姑に叱られているお婿さんみたいだし、可哀想だから、もうそろそろ解放してあげて」

神崎だった。立ち上がって、ブースの仕切りの上から、笑みを浮かべてこちらを見ている。

すっきりした卵形の顔。まっすぐな鼻。アーモンド形の目。上向きにカールした長い睫毛。カラーコンタクトを入れた瞳は薄茶色で、ウェーブのかかったセミロングの髪はそれと合わせてライトブラウンに染められている。

頬や額は艶々として張りがあり、シミやしわは見当たらない。華やかな美人で、彼女を目当てに通ってくる男性客もいるほどだ。しかし彼らは、神崎がバブル経済華やかなりし頃に、四年制の薬科大学を卒業したベテラン薬剤師であることを知らない。シングルマザーで子供が二人、去年には初孫も生まれている彼女を三十代半ば、いっていても四十歳手前と思っているようだった。

「神崎さん、すみませんが、仕事中にその呼び方はやめてください」

奈津美は咎めるような視線を向けた。

「あら、ごめんなさい。つい昔の癖が出て。これからは気をつけます。天草専務」

神崎は肩をすくめて、わざとらしく言う。

「それも堅苦しいです。営業中は天草さんで結構です」

「でも天草さんと呼ぶと、あなたのお父さんと間違えそうで」

「父のことは社長でいいと思いますが」

「呼び慣れていないから、面映(おもは)ゆいのよね。昔からずっと天草さんって呼んでいたし。それとも二代目、三代目と呼び分ければいいかしら」

神崎は頰に指を当てて、小首をかしげる。五十路を過ぎて、小悪魔めいた仕草が板についているのが癪(しゃく)にさわる。

「それもダメです。この薬局の雰囲気に合っていません」奈津美は異を唱えた。

「確かにそうねえ。この内装、昔の雰囲気とはまったく違うものねえ」

神崎はぐるりと薬局内を見まわした。

「これもお洒落でいいけれど、昔のいかにも漢方薬局って雰囲気が私は好きだったのよね」

てんぐさ堂の開局は、東京オリンピックが最初に開催された年まで遡(さかのぼ)る。奈津美の祖父の手でなされて、のちに父と代替りをして現在に至る。

神崎がてんぐさ堂に最初に勤めたのは、奈津美がまだ小学生の時だった。

その後、家庭の事情で退職したが、去年奈津美がネットにあげた薬剤師募集の広告を見て、再び応募してくれたのだ。神崎の人となりと手腕を知っている奈津美は、大喜びで彼女を再雇用した。もっとも、面接に来た神崎を見て奈津美は驚いた。最後に会ってから十年以上経っているが、容貌は当時とまったく変わっていなかった。いや、それどころか、逆に若返っているようにも見えた。

訊くと、アンチエイジングに目覚めて、美容整形の施術を受けているとのことだった。若さと美貌を維持するために、漢方薬と薬膳の勉強も積極的に続けているらしい。近所に住む常連客は、彼女が過去に勤めていたことを知っているので、陰で神崎を美魔女薬剤師と呼んでいる。

「本音を言えば、私も昔のてんぐさ堂が好きです。でも、昔ながらの漢方薬局では、この先立ち行かなくなるのは明らかです。そのために銀行からお金を借りて、大掛かりな改装をしたんです。毎月の返済もあるし……だから売上をあげていかないと困るんです」

これまでも折に触れて、ちょくちょくと言っていることだが、あらためて口にすると、本当にそうだという気になってくる。

てんぐさ堂は、父親が代表取締役社長で娘が専務。薬剤師を三人雇って、細々と経営している零細薬局だった。日々の売上があがらなければすぐに倒産に至るだろう。

「それなら大丈夫。宇月さんはできる人よ。漢方医学のみならず、他の分野にも博識だもの。将来は薬局を背負って立つ薬剤師になると思うわよ」

宇月をかばうように神崎は言った。宇月の人となりについては、奈津美よりもくわしいようだ。客のいない時間に薬剤師同士で色々と話をしているせいだろう。

「生化学や動植物はともかく、文学や哲学、芸術、音楽にくわしくても、仕事とは関係ないと思いますけれど」

宇月の書いた履歴書を思い出して奈津美は言った。特技が『博識であること』となっていて、その内容として生化学、動物学、植物学、文学、哲学、芸術、音楽と列記されていたのだ。

「そんなことないわ。カウンセリングにおいて、話のネタは多いに越したことはないし。慣れてくれば、おおいに活躍してくれるはずよ。城石くんもそう言っていたから、あんまりガミガミ言わないで見守ってあげるようにして」

城石はもう一人の男性薬剤師だ。

奈津美よりひとつ年下だが、知識もあるし、接客もそつなく優秀だ。子供っぽい一面があって、たまに感情的になるのが唯一の欠点だった。

「ガミガミなんて言っていません。ウチで働くうえでの心得を説明していただけです。保険調剤薬局とは違うので、そこは理解してもらわないと……」

履歴書を見た限りでは、宇月が仕事をしていたのはほとんどが保険調剤薬局だった。脚が悪いこともあって、座ってのカウンセリングが中心となるウチの薬局を選んだという話も面接の時に聞いていた。しかし、それならもっと積極的に薬を売ってもらわないと困るのだ。

「今月の売上が厳しいんです。このままだと目標に届きません」つい本音がこぼれた。

「あら、そうだったの。じゃあ、私が頑張るわ。夕方来るお客さんに高い薬を売るようにするから」

「やめてください。私が言いたいのはそういうことじゃありません」奈津美が慌てて止めた。

「冗談よ。もちろんそんなことはしないわよ」

「冗談でも言わないでください。お客様を騙してまで儲けたいわけじゃありません」

「奈津美ちゃん、じゃなくて天草さんは真面目過ぎて、冗談が通じないのが欠点ね」

「冗談は通じると思いますよ。神崎さんが言うと冗談に聞こえないんだと思います」

宇月がさりげなく言葉をはさむ。

「あら、宇月さんにも言われちゃったわ。じゃあ、これで話は終わりね。私は休憩に行く時間だから、後はよろしく」

神崎はくすっと笑うと、一人でバックヤードに行ってしまった。

「まったく、もう」

神崎の背中を見送りながら、奈津美はため息をついた。

自分だって年上の薬剤師に厭味ったらしい文句を言いたくない。

しかし薬局経営は慈善事業ではない。売上がなければ営業は続けられない。こんな時は専務という肩書が恨めしくなる。普通の従業員なら、もっとみんなと和気あいあいと仕事をすることができるのに。

しかし感傷に浸っている暇はない。奈津美にはやるべき仕事がたくさんあった。顧客管理はもちろん、経理、総務、人事、渉外も奈津美の仕事だ。社長である父親がもっと手伝ってくれればいいのだが、なんだかんだと理由をつけて外出してしまう。必然的に奈津美の仕事は増えるばかりだった。

受付に戻りたかったが、すぐにそうするのも気が引ける。とりあえず宇月にフォローの言葉をかけておこうかな。

「宇月さん、色々とうるさいことを言ってすみません。今後は……」

そう言いかけた時、自動ドアが開く音がした。

4

振り返った奈津美の目に、見覚えのある顔が見えた。さきほど出て行った加納だ。強張(こわば)った顔をして、真っすぐこちらに歩いてくる。

「お忘れ物ですか」

慌てて笑みを浮かべて声をかけたが、加納は奈津美に目もくれなかった。宇月の元に歩みよると、「どうしてですか」と声を出した。

「どうして、あれがわかったんですか」

なんのことだろう。奈津美は素早く考えた。加納は怒っているというほどではないが、どこか強張った顔つきになっている。もしかして、さっきのカウンセリングで粗相があったのか。不安にかられた奈津美は、首を曲げて宇月の顔を見た。女性二人の眼差しを一身に浴びて、しかし宇月の表情はほとんど変わらない。

「何のことでしょうか」と首をかしげる。

とぼけているわけではなく、本気でわからないようだった。

「さっき、大麻のことを言いましたよね」

奈津美の存在を気にしてなのか、加納はどこか喋り辛そうだった。この場を外してほしいと思っているようだが、大麻と聞いたからにはそうはいかない。奈津美はこの薬局の実質的な経営者なのだ。違法薬物に関する話を耳にして、知らないふりはできなかった。

「はい。言いました」宇月はあっさり頷いた。

「大麻って、何のことですか」奈津美は宇月に訊いた。

「近くであった強盗事件の話を、さきほど加納様にしたんです」宇月は答えた。

「私の会社もこの近くなので、それは知っています。注意を促すにしても、最後の台詞が気になりました。なんであんなことを言ったんですか」

　加納は毅然とした声を出す。

「最後ですか……なんて言ったかな」宇月は顎に手を当てて考えている。

「あなたは私にこう言いました。『警察がピリピリしています。無用なトラブルを避けるなら迂回する道を通った方がいいかもしれません』と」

「はい。たしかに言いました」宇月は少し目を細めて頷いた。

「このあたりに警察官が多くいて、どうして私が注意しなければならないんですか。確かにこんな格好はしていますが、いたって真面目な会社員です」

　そう言いながら加納は両腕をあげて、自分の着ている服を見下ろした。

　トップはダボッとした原色のセーターで、肩には動物柄のストールを羽織り、ボトムはペイズリー柄のワイドパンツだった。ファッションにさほどくわしくない奈津美でも、それがアフリカ系民族の衣装をもとにしたものだとわかる。あまり会社員には見えない服装だ。

「……私は素敵だと思います。ファッション関係の仕事をされているのかと思っていました」

　奈津美はおずおずと言った。嘘や お世辞ではなくて本心だ。話の流れはわからないが、とりあえず加納を落ち着かせようと口にした。

しかし彼女の表情は変わらない。

「私はこの近くにある出版社に勤めています。去年ファッション関係の部署に配置換えになって、今年になってからこの服装で通勤しています。でも法律に触れるような行為は一切していません」

そう抗議をされて、なんとなく事情がわかってきた。大麻に関わる強盗事件が発生して以来、警察はピリピリして、この近辺でやたらと職務質問を行っている。怪しい行動をしたわけでもないのに、服装や国籍、その他の風体で判断して職務質問をすることがあるようなのだ。近所に住む常連客がそう教えてくれたことがある。

アフリカン・ファッションで身を包んでいる加納がその対象になる可能性はありそうだ。それを憂慮して、宇月も親切心から注意をしたのだろう。しかし加納からすれば、それは心外な言葉だった。大麻を吸っていそうな外見をしていると言われたのと同じだからだ。

帰り際だったので、一度は帰りかけたが、途中で腹が立って戻ってきたということだろう。

奈津美は素早く考えると、事情を説明したうえで、謝罪するべきところは謝罪しようと心に決めた。従業員の不始末は、経営者の不始末だ。ここはとにかく彼女の気持ちを収めることを最優先に考えよう。

奈津美は、深く息を吸い込んだ。

「宇月が失礼なことを申し上げてしまい、大変申し訳ございませんでした」

奈津美はそう言うと、ぴたり四十五度の角度でお辞儀をした。てんぐさ堂の運営を担うに当たって、接遇のセミナーに二週間通って身に着けたスキルだ。

「お客様のお気持ちを考えず、失礼なことを口にしたことを深くお詫びいたします。ただわかっていただきたいのは、それが揶揄ではなく、お客様のためを思ってした発言ということです。しかしながら思慮が足らず、不快な念を抱かせてしまう結果になったのは、明らかにこちらの不手際です。深くお詫びいたしますので、何卒ご容赦くださるようにお願いいたします」

奈津美は粛々と謝罪の言葉を口にした。

しかし加納は逆に驚いた顔をした。当の宇月よりも、受付の若い女性が率先して謝罪したことが意外なようだった。

しまった。まずは自己紹介だった。

奈津美は焦った。私っていつもこう。大事なところで詰めが甘いのだ。奈津美は急いで名刺を出そうとした。

しかし加納に、「私が言いたいのは、そういうことじゃありません」と言われて手を止めた。

「毎日、こんな服装で会社に通っているので、これまでも警察官に職務質問されたことは何度もあります。たぶんレイシャル・プロファイリングに近いものでしょう。アフリカ系のファッションをしている女なら、大麻を吸ってもおかしくないって先入観が警察にはあるようですから」

レイシャル・プロファイリング？

奈津美のきょとんとした顔を見て、レイシャル・プロファイリングとは人種や肌の色、民族、国籍といった特定の属性を根拠に、警察官が捜査の対象にしたり、犯罪に関わったかを判断することだと加納は説明してくれた。

「わかりやすく言えば、人種差別的な職務質問ということです。警察官が職務質問できるのは、異常な挙動があるなどの不審事由が認められた時とされています。しかし実際には、肌の色や、髪型、宗教的な服装などを理由に職務質問をすることがあり、それが偏見や思い込みによるものだということで、人権上の問題になっているんです」

「そういうことですか。初めて知りました。勉強になります」

奈津美が感嘆の声を出すと、加納は少し照れた顔をした。

「以前文芸を担当していて、社会派ミステリーを書く作家さんを担当した時に得た知識です。これまでも警察官に声をかけられたことがありましたが、やんわりとその旨を指摘すると、向こうも及び腰になって、最近では職務質問されることもなくなりました。まあ、単に顔を覚えられて、うるさい女だと思われただけかもしれませんが」

加納はそう言って、奈津美と宇月の顔を順に見た。

「だから宇月さんにそれを言われた時、その場では聞き流しましたが、道を歩いていて嫌な気持ちになりました。漢方薬の話をしている時はあんなに感じがよかったのに、最後にあんなことを言うなんて。私を心配しての言葉だということはわかりますが、それでも見た目で判断されたようで気分はよくありません。でも……」

そこで加納は言葉を切って、あらためて宇月に目をやった。

「もしかしたら、そんな注意をするだけの理由があったのかもしれないとも思ったんです」

そんな注意をするだけの理由……？

意味がわからない。宇月の顔を見た。いまだ彼の態度に変化はない。涼し気な表情でじっと話を聞いている。

「考えていたら、ふと思い当たることがあって、道端で自分の荷物を確認しました」

そうしたらこれが出てきました、と加納は大きなショルダーバッグからA4サイズの封筒を取り出した。

中身を出してカウンターに置く。大きなクリップで留めた分厚い紙の束だった。プレゼン用の資料のようだ。

『大麻解禁が日本を救う・超高齢社会への処方箋』というタイトルが見えてぎょっとした。

「これは人から預かったものです」

加納は言いながらページを開いた。企画のコンセプトが大きな活字で印刷されている。大麻は医学的に有用な植物である、ということを主張しているようで、海外の文献からの引用もされているようだ。

「大麻に含まれた成分から作られた医薬品が海外では使われていたり、依存性や中毒性が他の禁止薬物より格段に低いことが記されています。大麻を解禁すれば、高齢者の医療費を削減できるという主張です」

大麻に含まれるカンナビノイドという成分が、様々な疾患に効果がありそうなことや、難治性てんかんに効果のある薬が、海外で創薬されて認可されていることは奈津美も知っていた。しかしだからといって、大麻がすべての難治性疾患の特効薬になるわけではない。大麻を解禁すれば医療費を削減できるというのは、あまりに単純で虫のいい考えにしか思えない。

「これを本にするんですか」奈津美は訊いた。

「難しいと思います」と加納は答えた。

「とりあえず預かりはしましたが、中身はすべて見ていませんでした。でも宇月さんの言葉が気になって、一通り確かめてみたんです。そうしたら――」

加納は最後のページをはらりとめくった。

小さな茶封筒がはさまれている。加納は封を開いて中を見せた。植物の破片のようなものが入っている。漢方薬の生薬にも見える。しかし表紙のテーマからすれば考えるまでもないだろう。茶封筒には『本物です。効果を確かめてください』と書いたメモも入っていた。

「……大麻ですか」奈津美は声をひそめた。

「おそらく。私も実物を見たことがないので断言できませんが」

「宇月さんはこれに気がついて、加納さんに注意をしたということですか」

もしも職務質問を受けて、持ち物検査をされた時にこれが見つかれば大変だ。知らない、人から預かったものだと言っても、すぐに信じてもらえることはないだろう。警察署に連れて行かれて聴取を受けて、場合によっては会社に連絡が行くかもしれない。そんな窮地に陥ることを救うために注意をしたということか。

しかし宇月は首を横にふった。

「いいえ。僕もこれは知りませんでした」

「じゃあ、どうして」加納は気色ばんだ。

「僕が気づいたのは匂いです。さきほど匂いを確認した時、加納様の左肩のあたりから、大麻特有の甘い匂いがしました。警察官が職務質問をすればすぐに気づくと思い、それを気にして声をかけたということです」

それを聞いて加納は、あっと声を出した。

「別れ際、この資料を持って来た人に肩を触られました。その時についたのかもしれません」

その男性が常習的な大麻使用者で、その手の匂いが肩についたということか。

「でも宇月さんはそんなことを知らないはずですよね。ということは、やはり私が大麻を吸っていると思ったわけですか」加納が表情を硬くする。

「個々の事情に立ち入ることは差し控えました。国内では違法薬物ですが、海外では全面解禁している国もあれば、医療用のみに限って解禁している国もあります。国や時代によって扱いは様々で、ちなみにさきほどお話しした神農本草経にも大麻らしき生薬の記述があります。そういう理由もあって僕は大麻イコール悪とは思っていません。だから服装だけで判断したわけではないです。ビジネススーツをきっちり着込んだ方でも、同じシチュエーションであれば同じ対応をしたと思います」

宇月の言葉に奈津美は心の中で頷いた。確かに彼ならそうしたことだろう。

「でも、加納様が自分で吸引していないことはすぐにわかりましたよ」

いまだ憮然としている加納に向かって、宇月は柔らかい口調で言った。

「どうしてですか」

「大麻がらみの事件があったことを話した時に何の反応もなかったからです。ご自身で吸引していれば、注意をした時に何らかの反応があったと思いますから」

それでここに来る前に会った誰かに、大麻に関係する人間がいると思ったそうだ。

「大麻に使用罪はありません。成熟した茎と種子以外の部位を所持した場合のみ、処罰の対象になります。お客様のプライベートに必要以上に踏み込むのは失礼だと思いましたが、加納様の反応からすると、そうとは知らずに大麻を持たされていた可能性もあると考えました。それで注意を差し上げたという次第です。思わせぶりで、失礼な言い方をして申し訳ありませんでした」

宇月はさりげなく頭を下げた。ビジネス講座で学んだようなきちんとしたお辞儀ではないが、相手の懐にすっと入り込むような自然なお辞儀だった。

「そういうことだったんですか」

それで加納も納得したようだった。しかし奈津美はまた別の疑問を持った。

「私からすると、その警告で加納様がよく気がついたなと思いますけれど」

自分だったら深く考えることなく、そのまま帰ってしまったことだろう。

するとと加納はうすく笑った。

「ミステリー小説の担当を長いことしていましたので、人の言葉尻を気にする癖がついているのかもしれないですね。自分でも猜疑心の強い性格になったと思っていましたが、それが初めて役に立ちました」

それに今になってみれば、その作家さんにはおかしなところが多々あったんだと思います、と加納は続けた。

「久しぶりに会った私に妙に馴れ馴れしくして、最後はしつこく食い下がってきたんです。昔は物静かでスマートな印象があったので、それを不思議に思いました。他にこの企画を持ち込むあてがないからなのかなとも思いましたが、たぶんそれだけではなく、私の服装のことがあったんだと思います。前に仕事をした時はリクルートスーツに毛の生えたような恰好だったのが、久しぶりに会ったら、こんなくだけた服装になっている。うまく話をすれば大麻に興味を持つだろうと期待を抱いて、それで必死になっていたんだと思います」

天から垂れた蜘蛛の糸をつかむつもりで、彼は自分に本物の大麻を渡したのかもしれません、と加納は言った。

「普通のビジネススーツを着ていたら、彼はこんなことはしなかったかもしれません。そういう意味では軽く見られたなと思います」

服装で判断されたかもしれないことが悔しかったのだろう。加納は腹立たしげに唇を噛んでいる。

「でも、そのファッション、とてもお似合いですよ」

余計なお世話かもしれないと思いながら奈津美は言った。

「好きなファッションで通勤していい会社って素晴らしいと思います。誤解されることがあっても、そのファッションは変えないでほしいと思います」

「ありがとうございます」加納はようやく笑った。

「そう言ってもらえると嬉しいです。今ではすっかり気に入って、何があっても変えるものかって思っていますから」

そして宇月に向き直り、「さきほどの忠告にあらためてお礼を言います。この状態で職務質問を受けていたら、本当に面倒なことになるところでした」と言った。

「それで、これはどうしますか」

奈津美はカウンターに置かれた大麻の入った封筒に目をやった。

「このままゴミ箱に捨てて、知らんふりをする手もありますが」

しれっとそんなことを言う宇月に、奈津美はぎょっとした。

「それはダメです。一社会人としてあり得ません」

「まあ、それが正しい意見ですね」宇月は苦笑いした。

「では警察に連絡しましょうか。事情を話せばわかってもらえると思います」

「そうしましょう」奈津美はスマートフォンを取り上げたが、「待ってください」と加納が止めた。

「それは申し訳ないです。ここに警察がきたら他のお客さんもびっくりするでしょうし、説明も面倒です。私がこれを持って会社に戻り、そこで初めて気づいた体で上司に相談します」

仕事中に渡されたものですから、会社で対応することが筋だと思います、と加納は言った。

「といっても、帰る途中に職務質問を受けるのは避けたいので、タクシーを呼んでもらっていいですか」

「かしこまりました。すぐにお呼びします」奈津美はスマートフォンを手に取った。

「あと、ここまでしてもらって手ぶらで帰るのも悪いです。さっきの漢方薬をもらいます……」

そう言いかけた加納の言葉を、宇月がやんわりと遮った。

「ご心配には及びません。たしかに湯剤の方が効果はありますが、セラミックやガラス、陶器などの容器で三十分煮出す必要があります。それを毎日続けるのは結構手間です。仕事が不規則な方にはエキス剤の方が使いやすいですし、それをよく考えたうえで決めていただいた方がいいと思います」

「……そういうことですか」加納は納得したように頷いた。

「じゃあ、もうちょっと考えてみます。今回のことで漢方薬に強く興味を持ちました。もう少し自分で勉強してから、あらためてこちらに伺いたいと思います」

「それがいいですね。漢方薬の世界は奥が深いです。ご自身で基本的な知識を身に着けてからの方が、薬剤師の説明も腑に落ちて、理解しやすいと思いますよ」

「わかりました。色々と本を探して勉強してみます。宇月さんのお勧めの本とか勉強法はありますか」

「ここでは説明し切れないです。個人的にＳＮＳのアカウントを持っているので、よろしければそちらを見てください。神農本草という名前で漢方薬に関する情報発信をしています」

薬を売らずに自分のＳＮＳの宣伝か、と奈津美は声に出さずに突っ込んだ。

まあ、言っていることは間違っていないし、彼女が勉強した上でまた来てくれるならそれでもいいけれど。

「わかりました。ではそちらを拝見させてもらいます」

加納は何度も礼を言って、奈津美が呼んだタクシーに乗り込んで帰って行った。

「申し訳ありません。せっかくのお客様を取り逃がしてしまって」

二人きりになると、宇月は殊勝な顔で頭を下げた。

「本当ですよ。絶好の機会だったのに」

口ではそう言ったが、宇月のやり方が間違っていないことはわかっていた。感謝の代償として購入してもらっても、その後が続くとは限らない。自分で調べて納得してからの方が、末永く漢方薬と付き合う可能性は高くなるはずだ。

と思いながらも、これだけ時間をかけて、売上がゼロだった事実を前にすると、せめて自分の給料分くらい稼いでもらいたいとも思いたくなる。

今さらそんなことを言っても仕方ないけれど。

そうだ。さっきの話でひとつ気になることがあった。

神崎がまだ戻っていないことを確かめると、「さっきの話ですが、加納さんの肩から、大麻特有の甘い匂いがしたって言ってましたが、それが大麻の匂いだって、どうしてわかったんですか」と声をひそめて質問した。

麻薬取締官でもないのに、どうしてそれがわかったのか。

「実は、若い頃に吸ったことがあるんです。もちろん海外での話で、国内でそういう経験はありませんが」

やっぱりそうか。

「といっても、トリップすることが目的ではないですよ。麻痺した部分の治療になるのを期待しての行動です。しかし効果はありませんでした。それ以来、いかなる違法薬物も使用したことはありません。現在は法令順守、コンプライアンス厳守の精神で行動していますので、どうぞご心配はなさらずに」

うーん……まあ、いいや。これは聞かなかったことにしておこう。

電話が鳴った。新しいお客様だろうか。

「はい――！」

奈津美は気を取り直すように声を出すと、受付の電話に駆け寄った。

5

タクシーに乗っていた時は池崎のことを許せないと思った。

自分で大麻を使うだけではなく、こんな仕打ちをするなんて。

宇月が心配したように、途中で警察官に職務質問を受けていたらどうなっていただろうか。抱えている仕事に支障が出るのはもちろん、最悪、停職や馘になる可能性だってあったのだ。会社に戻ったらすぐに上司に報告して、大麻を持って警察に行こうと決めた。

しかし会社に戻ると上司は会議中だった。それが終わるのを待つ間、念のために池崎の企画書に目を通した。するとタイトルは派手だが、真面目な内容であることがわかった。ただの思いつきや、気の迷いではなく、真面目に医療の行く末を考えて、エビデンスに基づき、困難を解決するための方策を訴えていた。

池崎は真剣にこの企画に向き合っているようだ。それに気づくと気持ちが少し落ち着いた。そして、どうして彼はこんなことをしたのだろうかと考えた。

文芸を担当していた間、様々な作家と仕事をした。デビュー作がブレイクして、そのまま有名になった作家もいれば、常にそこそこの売上をキープして、地道に活動を継続している人もいる。有名芸能人がSNSで面白かったと発言したために、デビュー作がベストセラーになったものの、その後が続かず筆を折った作家や、他の出版社の編集者と恋仲になり、何を吹き込まれたのか、版権をすべて引き上げられて縁が切れた作家だっている。

一口に作家と言っても人それぞれだが、池崎はやはりその中でもどこか影が薄かった。有紀が新人だったことを差し引いても、彼に対して思い出すことは、受賞してすぐに仕事を辞めてしまったということ以外にあまりない。

今日あったことすべてを上司に伝えて、警察に連絡するのはたやすいことだった。しかし果たしてそれだけでいいのだろうか。

有紀は資料に記された電話番号に視線を向けた。その前に本人に電話をしてみようかな。

どうしてこんなことをしたのか質問するのだ。彼が怒って電話を切るならそれでいい。上司に報告して、警察に相談すればいいだけだ。企画についてさらに言ってくるなら、こんなことをされたら逆に誰にも紹介できないと断ろう。

しかし彼が真剣に何かを訴えたいなら、本にして世間に訴えたいことがあるなら、とりあえず話を聞いてみよう。

ただし大麻の所持や使用を確認する必要はある。彼がそれを認めるなら、みずから警察に行くことを勧めよう。それをすべてクリアしたうえで、それでも池崎にやる気があるなら、この企画を本にできるか森川に相談してみよう。

編集者として、自分がするべきはそういうことだろう。

有紀は深呼吸をすると、デスクの電話を取り上げた。

第二話

用法

夏梅の実る頃

年　月　日

1

火曜日の午前八時。

運河沿いの緑道から続く、その公園にはまだ人がいなかった。

箕輪京子はフレキシリードを伸ばして、連れて来た愛犬の動きまわれる範囲を広げてやった。愛犬は二歳のオスのトイプードルで、黒っぽい灰色の毛並みをしていることからチャコという名前をつけている。ヤンチャ盛りで、散歩の途中はじっとしていることなく、常に京子のまわりを動きまわっている。今もリードが緩むや、遊歩道をそれて花壇の横の下生えに飛び込んで行ったところだ。あたりかまわず頭を突っ込み、くんくんと匂いをかいでいる。

秋もすっかり深まって、路上に落ちた赤や黄色の落ち葉が風に吹かれて、カサカサと音を立てている。吹く風の冷たさに上着の前を合わせて、京子はチャコの動きに目をやった。

チャコは歴代で四匹目の飼い犬だった。これまではゴールデンレトリーバーやシベリアンハスキーといった大型犬を飼ってきたが、年齢的に世話をするのが大変になってきた。

昔であれば、昼夜を問わず犬小屋に繋いで、餌は家族の食べ残しでよかったが、昨今においてはそんな雑な飼い方をすれば虐待というそしりを受けかねない。

何より京子が今住んでいるのはマンションの六階だ。部屋の中で飼う以外の方法はないし、飼育環境がよくなったことで犬の寿命も延びている。犬が十歳になる頃には京子も八十歳になっている。散歩に連れて行くのはもちろん排泄物の処理も一仕事になるだろう。それで大型犬はあきらめた。

ただし小型犬に決めた後も、トイプードルかキャバリアかで最後まで悩んだ。賢いことに加えて、毛が抜け落ちないことでトイプードルに決めたが、こうして散歩をしているとそれで正解だったとあらためて思った。リードを持つ手に負担はかからないし、何かあればひょいと抱き上げられる大きさなので、通行人や他の犬に吠えないか、いきなり走り出さないかと心配する必要もない。

十分ばかり遊びまわって満足したのか、チャコは京子の足元に戻ってきた。遠くから子供の声が聞こえてきたこともあり、京子はリードを縮めて近くのベンチに腰かけた。チャコを膝に乗せて、水を飲ませてから、おやつをあげる。

しばらくすると、二人の女児がこちらに駆けてきた。四歳か五歳ほどだろうか、近くにある幼稚園の制服と制帽、ショルダーバッグを身につけている。樫の木の根元にしゃがみ込んで笑い合っている姿は、何にましても可愛らしかった。

しかしこの年頃の子供があげる甲高い声は、チャコにとっては気にさわるものらしく、さっきからそちらを気にしていることが気になった。前にも、散歩の途中でいきなり小さな子供たちに吠え出して、肝を冷やしたことがあったのだ。危害を加えたわけではないが、子供たちは怯(おび)えた。それで京子は周囲の母親たちから白い視線を浴びせられ、こそこそとその場を立ち去る破目になったのだ。

これから幼稚園に行くだろう子供たちを怯えさせるようなことはしたくない。

膝に乗せたチャコの肩と首元をゆっくり撫(な)でながら、顔をめぐらせて京子は子供たちの保護者を探した。母親らしき女性が二人、少し離れた場所からゆっくりとこちらに歩いてくるのが見えた。

二人ともベビーカーを押しているところからすると、それぞれに弟か妹がいるようだ。母親たちはお喋りに夢中で女児たちのことは見ていない。きゃあきゃあとはしゃぐ声がして、京子は視線を女児に戻した。樫の木の根元にしゃがみ込んだまま、何かを熱心に拾って笑いあっている。

その光景に、ふと昔のことを思い出した。

子供の頃に住んでいた家に、大きな柿の木があったのだ。

場所は埼玉だったが、その後に引っ越して、くわしい場所は覚えていない。今頃の季節になると、枝には大きな赤い実がいくつもなった。その下にゴザを敷いて、友達とままごと遊びをするのが京子は好きだった。

野原や雑木林がどこまでも広がる中に、ぽつぽつと民家があるような場所だった。ススキがたなびく丘の向こうに秋の日が傾くと、数分間だけ、すべてが燃えるような赤に包まれた。

照り返しを受けた柿の実が、小さな灯籠（とうろう）のように頭上で輝き、友達の顔や服や靴、地面に敷いたゴザ、ままごとの道具もすべてがその赤の中に飲み込まれる。夕日が丘の向こうに沈めば、あたりはすぐに暗闇に包まれる。そうなる前のわずかな時間が愛（いと）しくて、このままこの時間がずっと続けばいいのになあ、と強く思ったことを覚えている。

幼い頃の思い出がイメージとなって頭の中に再生されて、京子は胸の中が熱くなるのを感じた。

七十歳を過ぎて、子供の頃のささやかな記憶を思い出すことが多くなったようだ。

二十八歳で結婚して、子供が二人できて、その後に夫の浮気が原因で離婚した。日々の生活を送ることに精一杯だった時代があったが、幸いにも子供は無事成長して、離れた場所でそれぞれに家庭を持ち、日々の生活を営んでいる。自分の歩んできた人生を思い起こせば、さほど起伏のない平凡なものだった。そのせいもあるのか、思い起こされる記憶も、結婚や、出産、離婚といった人生の節目ではなく、子供時代や若い頃のなんでもないものが多かった。

　夕焼けの記憶もそうだし、他にも小学生の頃のことを色々と思い出した。友達と山の中に虫捕りに行って迷子になったこと、友達の誕生パーティーで食べたケーキが外国製でとても美味しかったこと、男子からもらったプレゼントにひどく驚かされたこと……。

　いいことだけではなく、嫌なこともあったが、それだってこの年になれば思い出という名の宝物だ……。

　そこまで考えて、はっとした。目の前に二人の女児が立っている。チャコに興味があるようで、興味津々の目つきで覗き込んでいる。

「このワンちゃん、なんて名前ですか」

　一人が人懐こい口調で話しかけてきた。

「チャコっていうの。二歳の男の子よ」京子は笑みを浮かべて返事をした。

「チャコって、女の子みたいな名前だね」もう一人の子が不思議そうな顔になる。

「毛の色がチャコールグレーだからチャコってつけたのよ」

「女の子みたいだけど、いい名前だよ」最初の子が言った。

「悪い名前とは言ってないよ。女の子の名前みたいと思ったけど、私もいい名前だと思うもん」もう一人の子が慌てて言った。

「ありがとう。褒めてもらって嬉しいわ」

　京子は二人に平等に笑いかけた。

話しかけられるのは嬉しいが、触らせてと言われたらどうしようかと京子は内心思っていた。チャコは大人しいが、子供の動きは予測がつかない。場合によっては噛もうとすることもあるだろう。

　しかし幸いにも、二人はそんな台詞を口にしなかった。少し話をしただけだったが、賢くて、礼儀正しい子供たちだとわかった。親の躾がいいのか、あるいは幼稚園の教育の賜物か。

　犬や猫を飼いたいけれど、家に赤ちゃんがいるので飼えない、と二人は口を揃えて、ささやかな不満を訴えた。

「それは残念ね。もっと大きくなって自分でお世話できるようになったら、もう一度お父さんとお母さんに相談するのがいいかもしれないわね」京子は二人に言葉をかけた。

「ワンちゃんのお世話って大変ですか」一人が訊いてきた。

「しなければいけないのはご飯とお散歩とトイレのケアね。慣れれば簡単よ。でも生き物だから、飽きたからもうやらないってわけにはいかないわね」

「えー、そんなことしないよ。ちゃんとお世話するよ」

「幼稚園で飼っているカメだって、私たち、ちゃんとお世話しているもんね」

「あら、幼稚園にカメがいるの？」

「いるよ。カンタって名前なの」

子供とお喋りするのは楽しかった。それが好奇心旺盛で、お喋り好きの子供ならばなおさらだ。カメの話が終わった後で、「ありがとうございます。お礼にこれをあげます」と一人の子が何かを包んだハンカチを差し出してきた。

「あら、ありがとう。何かしら」

京子は微笑んで手を出した。開いた掌(てのひら)に丸くなったハンカチが置かれた。その重みと形に、はっとした。この大きさ、この形、この質感。嫌な感覚が背筋を這(は)い上る。

これって、もしかして——。

ハンカチの包みがはらりとほどけた。艶々とした茶色のドングリが転がり出た。十個、十五個、あるいはそれ以上。さっき樫の木の根元にしゃがんでいた時に拾い集めたものだろう。子供たちに悪気がないことはわかっていた。ドングリを拾い集めるのは子供がよくする遊びだし、それをプレゼントされれば、ほとんどの大人は笑顔になるはずだ。

でも——。

だから京子も最初は耐えた。奥歯を嚙みしめ、笑顔を作ろうと口元に力を込める。

ダメだった。掌のドングリが意思をもって動き出したように感じたのだ。

きゃあっと悲鳴をあげて京子は掌を返した。ドングリがバラバラと地面に落ちる。突然のことに子供たちは顔を引き攣らせて、後ろに飛びのいた。そして一拍遅れて、二人揃って泣き出した。

自分の行動が引き起こしたことに京子は慌てたが、それ以上に驚いたのが母親たちだった。

ベビーカーを押して駆け寄ってきた。

「――大丈夫ですか。ウチの子たちが何か悪戯をしましたか」

「ごめんなさい。目を離している間に、とんだ粗相をしでかして」

泣いている子供たちよりも、先に京子のことを気にかけてくれた。地面に散らばったドングリを見て何かを察したようで、「あなたたち、この方に何をしたの？」と一人の母親が子供を問い詰める。しかし泣いている子供はうまく説明できない。

「……ご、ごめんなさい。この子たちは悪くないの。私が勘違いをしただけで」

京子は慌てて子供たちをかばった。勘違いという言葉の意味がわからなかったのか、母親二人は顔を見合わせている。

しかし京子はそれ以上説明しなかった。いや、できなかったのだ。少し言葉をかわしただけだったが、子供たちも母親たちも、きちんとしたいい人たちだということがわかった。これ以上、恥ずかしいところを見せたくなかった。

それに京子の悲鳴と子供たちの泣き声に反応したようで、膝の上のチャコが今にも吠え出しそうだった。

「……ごめんなさい。あなたたちは悪くないから」

泣いている子供たちに、そう声をかけるのが精一杯だった。

京子はチャコを抱えたまま、立ち上がってベンチを離れた。

自宅に戻るための道を急ぎ足で歩きながら、この時間、この公園にはもう来られないなとひどく悲しい気持ちで考えた。

2

天草奈津美は焦っていた。

残り時間が少ないのに、解答用紙の半分が白紙なのだ。答えを導く方法がわからない。

奈津美はあたりを見まわした。他の受験生はみな快調に問題を解いている。答えがわからないのは自分一人のようだ。

時間がない。とにかく答えを書かなくては。このままでは不合格だ。薬剤師国家試験は年に一度しかない。合格できなければ、また一年、受験勉強を続けなければならない。それを考えると心が苦しくなってきた。勉強もそうだし、経済的にも限界だ。

この生活をもう一年続けるわけにはいかない。それならいっそ——。

そう考えた時、チャイムが鳴っているのに気がついた。

試験終了の合図だろうか。

ダメだ。また不合格だ。しかしチャイムの音が鳴りやまず、逆にどんどん大きくなってくる。

そこではっと気がついた。奈津美は自室のベッドにいた。

夢だったのか。

奈津美はため息をついた。今になっても、まだあんな夢を見るなんて。

六年制の薬科大学を卒業して、すでに三年半が経っていた。薬剤師国家試験には三回続けて落ちたが、いまはてんぐさ堂の実質的な経営者になっている。くよくよしても仕方ないと思っているが、心の底ではどうやらまだ割り切れてはいないようだった。

時刻は六時半を過ぎている。えいっと勢いをつけてベッドから起き上がる。

自分で決めたことなのだ。これ以上余計なことで頭を悩ませたくはない。

リビングダイニングに行ったが、当然のように父はまだ起きていない。仏壇に飾られた母の遺影に手を合わせて、「おはようございます、今日も一日頑張ります」と挨拶をする。

ケトルで湯を沸かしながら、父のことを考えて、再びため息をつく。

昔は六時前に起き出して、薬局の前は当たり前として、向こう三軒両隣まで掃き掃除をしていたのが嘘のようだった。母が亡くなった後、父はすっかり気落ちして、いまでは薬剤師として薬局に立つこともない。一時は薬局をたたむことを本気で考えていた。奈津美が説得して、なんとか思いとどまらせたが、代表取締役社長という肩書は名ばかりで、今や経営に関わることはほとんどない。

祖父から相続した賃貸マンションの管理をすると言って、毎日のように外出しているが、どこまで本当なのかはわからない。

それでも奈津美が文句を言わないのは、てんぐさ堂を続けるに当たって、業務は自分がすべてやると約束をしたからだ。祖父、父と二代続いたてんぐさ堂を、これで終わりにするのは心苦しかった。奈津美が物心ついた時から、祖父と両親はそこで働いていた。祖父と父は薬剤師の資格を持ち、漢方医学に精通していた。母は薬剤師資格こそ持っていないものの、持ち前の明るさと話術で薬局内に活気を与える役割を果たしていた。

そんな姿を見て育ってきた奈津美が、大きくなったら薬剤師になっててんぐさ堂を継ぐという夢を持ったのは、極めて自然なことだった。

祖父は奈津美が小学生の頃に亡くなったが、両親と一緒に仕事をするという夢は実現するだろうと思っていた。それなのにこんな形で継ぐことになるなんて――。

人生は無常で一寸先は闇だ。明日何が起こるか、誰にも予測はつかない。

湯が沸く音がした。朝のこの時間、これ以上感傷に浸っている暇はない。今日もお客様はやってくる。インスタント・コーヒーをいれながら、奈津美はタブレットで今日の予約状況を確認した。

予約は三件。それぞれが二度以上来ている客だった。

そのうちの一人の名前が目に留まる。箕輪京子。そうだ。今日は彼女が来る日だった。あれ、でも、そうすると……。

薬剤師のシフトを見て顔をしかめた。普段担当している神崎が休みだったのだ。先週になって有給休暇を申請した。予約が少ないので了承したが、そうか、彼女のことを見落としていた。指名しているわけではないから、別の薬剤師が応対してもクレームにはならないだろうが、それでも奈津美は気が引けた。

箕輪は断続的だが、通いはじめて十年以上が経っている常連客だ。父の知り合いで、ずっと父が応対していたが、母が亡くなった後に神崎が受け継ぎ、それから後も違う薬剤師が応対したことはない。事情を説明すればわかってくれるだろうが、これまで続けてきた暗黙の了解を破ってしまうようで、なんとなく心苦しかった。

今日在籍している薬剤師は城石と宇月だ。経験からいえば城石だが、彼を指名している予約と時間が被っている。すると宇月か。仕事をはじめて一ヶ月と少し。心許ないところはあるが、丁寧に接客している様子が垣間見えるし、ここは任せてもいいだろう。

箕輪には関節リウマチとアトピー性皮膚炎の既往歴があり、出ている漢方薬はその関係が多かった。過去の服薬歴はすべて記録されているし、それについての問題はないだろう。

父の知り合いであることを告げるか迷ったが、やはり言わないでおくことにした。入って間もないことだし、フラットな気持ちで接客してもらおう。

奈津美はそう決めると、自分がやるべき仕事の段取りを頭の中で組み上げた。

3

「では前回に続いて葛根加苓朮附湯と防已黄耆湯をお出ししますね」

穏やかな笑顔の宇月が京子に言った。

彼女は四十代の時に関節リウマチを患っていた。薬物治療とリハビリで寛解したが、季節の変わり目などに痛み出すことがある。それで漢方薬での治療をはじめた。このてんぐさ堂に通いはじめて十年以上が経つ。

葛根加苓朮附湯は、肩凝りや神経痛、関節痛などをやわらげ、防已黄耆湯には体がむくみがちな人の代謝をよくする効果があるそうだ。

「すでにご存じだとは思いますが、食欲不振や皮膚のかゆみ、発疹などの症状が出た時は服用を中止してくださいね。それから葛根加苓朮附湯と防已黄耆湯には、それぞれ甘草が配合されていますので、この薬を飲んでいる期間は、他の漢方薬を飲まないようにしてください」

宇月の説明に、「そうだったわね」と京子は頷いた。

「甘草って、摂り過ぎると体に悪いのよね。気をつけるようにって、前に武史くんにも言われたわ。どうしていけないのかは忘れちゃったけど」

「甘草を過剰摂取すると、手足のこわばり、高血圧、むくみ等の症状が起きるんです。偽アルドステロン症というのですが、生命の危険に関わることもあるので、注意をするに越したことはありません」

「そうだったわね。ごめんなさいね。忘れちゃって」京子は恥ずかしそうにこめかみに手を当てた。

「私もダメねえ。何もわからないおばあちゃんになっちゃって」

「年齢は関係ないですよ。箕輪様は、以前に他の漢方薬も服用されていたようなので、念のために申し上げた次第です」宇月が微笑んだ。

「娘に言われて飲んでいたのよね。サ、サ……」

聞かされた単語が出てこない。

「えーと、サレコウベが治る漢方薬だとか言っていたかしら。それで飲んでみたらって勧められて」

意味が通じているかと宇月を見る。宇月は理解したように頷いた。

「サルコペニアですね。加齢によって筋肉量が減少して、筋力が低下する老化現象のことです。さらに進行すると、心身がさらに老い衰えたフレイルという状態になります。箕輪様が以前飲んでおられたのは牛車腎気丸です。サルコペニアを改善する効果が報告されています」

タブレットの画面を操作しながら宇月が言った。

「今は、牛車腎気丸はお飲みになっていないんですか」

「飲んでないわね。何かの折に娘が持ってきて、飲め飲めとうるさいから、しばらく飲んでいただけよ。これを飲めば体力がつくと言われたけれど、ずっと飲み続けるのは面倒だし、犬の散歩で毎日外出するようになったから」

「体力をつけるのは薬以外でもできますよ。たとえば今言われた牛車腎気丸には山薬というヤマイモが原料の生薬が配合されています。ヤマイモには滋養強壮、胃腸虚弱の改善などの効用があるので、疲れた時などに食べるといい効果があると思います」

「ヤマイモね。わかったわ。今度食欲がない時に食べてみるわ」

そう言いながら、たしかに運動とは無縁の生活を送っているなと考える。

京子は長年小学校の教員を務めていた。当時は週に何度か体育の授業があったし、休み時間は子供たちと一緒になって、ドッジボールや鬼ごっこに興じたものだった。

しかし今となっては、それも遠い昔の出来事だ。もともと小柄で肉がつきにくい体質だったが、年を取るにつれて、ちょっとした運動をするだけで息が切れて、疲れるようになった。今では体を動かすこと自体が億劫で、犬の散歩と買い物以外に外出する機会はめっきりと減っている。

「元来、筋肉は体を動かすために必要な部位だと考えられてきましたが、近年になって、血液循環ポンプや、水分を保持したり、基礎代謝を担ったり、免疫細胞を活性化する役割を持っていることがわかってきたんです」

筋力の低下は、認知機能の低下にも繋がるそうで、高齢者ほど落ちた筋肉は戻りにくいという話を宇月はしてくれた。

「牛車腎気丸には、そういった状態を改善させる効果があるんです。牛車腎気丸を基に高齢者の筋力低下を予防する薬を研究しているグループもあるほどです」

難しい話をされてもよくわからないが、宇月の話を聞いて思い出したことがある。

京子が小学校の低学年の頃だ。当時住んでいた家には父方の祖父が同居していた。十九世紀の痩せ衰えた祖父が、むせながら薬を飲む光景が子供心にも可哀想だった。

最後の年に生まれた祖父は、古希を迎えて、しばらくしてから誤嚥性肺炎で亡くなった。亡くなった時は痩せ衰えて、手足は枯れ木のように細くなっていた。今にして思えば、あの時の祖父がサルコペニアと呼ばれる状態だったのだろう。

「子供の頃は七十歳なんて、すごく年寄りのような気がしたけれど、今の私はそれを超えているのよね。あらためて考えてみると、とても不思議な気がするわ」

京子は祖父の話を宇月にした。

「祖父も関節リウマチを患っていたのよ。でも当時は今みたいにいい薬がなくて……。手足の関節が固まって動かなくなって、最後はほとんど寝たきりの状態だったわね」

それに関しては嫌な思い出もある。それがもとになって、この前は小さな子供たちの前で醜態を演じてしまった。あの時のことを思い出すと、今でも顔がかっと熱くなる。恥ずかしくて、申し訳なくて、穴があったら入りたい気持ちになる。実際、思い出したことで胸がどきどきしてきた。気持ちを落ち着けるために、京子はショルダーバッグを手に取った。

ハンカチを取り出そうと手探りすると、堅くて小さなものが指に触れた。

つまみ出してみるとドングリだった。あの時、投げ捨てたものがショルダーバッグに飛び込んだのだろう。後になってみればそうわかったが、咄嗟にはそこまで頭が働かなかった。

京子は反射的にそれを投げ捨てた。

「きゃあ――！」

京子の悲鳴が薬局内に響く。他に客がいないのが幸いだった。受付にいた奈津美が飛んできた。

「どうされました、箕輪様。宇月が何か不手際を？」

「――いいえ。違うの」

京子は胸に手を当てて息を整えた。

「それがバッグの中にあったから」

床に落ちたドングリを指さした。奈津美は身をかがめて、それを拾った。

「これに何か問題が？」

「個人的なことなのよ。昔、嫌なことがあって、それで苦手になってしまったの」

「嫌なことですか……」

奈津美は意味がわからないようだった。訝しげな視線を宇月に向けている。宇月が粗相をしたのではないかと疑っているようだ。このままでは彼に濡れ衣が着せられる。

「驚かせてごめんなさいね。実は……」

京子は数日前、犬の散歩中に幼稚園児からドングリをプレゼントされて、悲鳴をあげて投げ捨ててしまったことを二人に話した。

「その時にショルダーバッグにドングリがひとつ入ったのね。それをたまたま見つけて、びっくりしただけよ」

「ドングリが苦手なんですか」奈津美が意外そうに言う。

「地面に落ちているものは平気なの。でも手元にあるとダメみたい。もぞもぞと動き出すような気がして、怖くなる。今は、思いもよらないところから出てきて驚いただけ」

京子の話を聞いて、宇月が納得したように頷いた。

「子供がドングリをこっそり抽斗(ひきだし)にしまって、後から親があけたら虫が湧いていたという話は聞いたことがありますね」

「そうなのよ。だから学校ではドングリを集めたら、熱湯につけたり、冷凍庫に入れたりして、中の虫を殺すようにしていたわ」

「ドングリの中にいるのはゾウムシの仲間です。成虫がドングリに卵を産みつけて、孵(かえ)った幼虫は中身を食べて大きくなります。それで成長した後は蛹(さなぎ)になるために外に出てくるというわけです」

宇月の話に、京子は思わず身震いをした。

「ああ、嫌だ。想像しただけで鳥肌が立つわ。本当に虫がいなくてよかったわ」

京子は自分で肩を抱えて、身を震わせた。

「子供の頃、友達にドングリを使った悪戯をされたことがあって、それ以来、ドングリがダメになったのよ」

「ひどいですね。そんな悪戯をする子がいるなんて」奈津美が憤然として言った。

「もしも私が同じクラスにいたら、引っ叩いてやりますよ」

「あなたなら、本当にそうしそうね」京子は笑った。

「でも本当のところ、それが悪戯だったのか、偶然そうなってしまったのかはよくわからないのよ。さっきは言葉の綾で悪戯と言ったけど」

「どういうことですか」奈津美が興味を惹かれた顔をする。

「おばあちゃんの昔話よ。あなたたちに話すほど価値のある話じゃないわ」

「私、年上の人の話を聞くのが好きなんです。よかったら話してください」と奈津美は言って、「あっ、でも思い出すのも嫌なことなら、無理にとは言いませんけれど」と慌てて言い足した。

「嫌ではないけど、それほど面白い話でもないのよ」

　京子は遠慮したが、奈津美は優しく微笑んだ。

「こちらの宇月ですが、実はすごく頭が切れるんです。この前も、お客様が被りそうになったトラブルに事前に気づいて、うまく回避させました。話してくれれば、それが悪戯だったのか、事故だったのかわかるかもしれませんよ」

宇月は少し困ったような顔をしながらも、

「もしかしたらわかるかもしれませんが、あまり期待はしないでください。前のことは本当に偶然だったので」と奈津美の言葉に頷いた。

「でも、ずっと昔のことだし、記憶違いがあるかもしれないわよ。誰にも話したことがないから、支離滅裂な話になるかもしれないし」

「構いませんよ」奈津美が言った。

「本当に誰にもしたことがない話なんですか」宇月が訊いた。

「他人に言いにくい話だったのよ。それで誰にも話せないまま、時間が経ってしまったのね」

「言葉にすることで、記憶が蘇ったり、気持ちが整理されることもありますよ。差し支えなければ聞かせてください」

宇月にそう言われると、してもいいかという気になった。

「そうね。こんな機会はもうないかもしれないし。とりあえず覚えていることを話すわ」

じゃあ、あなたもそこに座っててちょうだい、と言って京子は奈津美を隣に座らせた。

4

「さっきも言ったけど、当時家には寝たきりに近い状態の祖父がいて、起き上がるのはもちろん、トイレに行くのも、ご飯を食べるのも、何をするのも辛そうだったのね。何かの時にその話を通っていた小学校ですることがあって、そうしたら、しばらくしてからガンちゃんって子が、お祖父ちゃんの病気に効くという薬を私のところに持ってきてくれたのよ。それはお菓子の空き箱に入っていて、上から紐できつくしばってあった。一ヶ月くらいこのままにして、それから開けると中に薬ができているとガンちゃんは言ったわ。今思えばおかしな話だと思うけど、お祖父ちゃんのことを気遣ってくれた気持ちがとにかく嬉しかった。その箱を家に持って帰って、すぐに紐をほどいて蓋を開けたの」

もらったことが嬉しくて、一ヶ月も待てなかったのだ。

「中には大量のドングリが入っていたの。このドングリが薬ということかしら。意味がわからなくてまじまじと見ると、箱の底で小さな黒い物が蠢いているのに気がついた。それが何かわかった瞬間、体中から血の気が引いたわ。それは虫だったの。きっとドングリから湧いたのね。私は悲鳴をあげて、自分の部屋だったけど、箱を放り投げてしまったわ」

話をしながら、あらためてその時のことを思い出す。

何十年も経っているのに、箱を開けた瞬間の驚きは昨日のことのように覚えている。それで、これまで話すことをためらっていた理由に気がついた。話をするためには、その時のことを思い出す必要がある。京子はそれが耐えられなかったのだ。

「それはひどいですね。驚いたのはもちろん、後始末が大変だったでしょう」

奈津美が顔を歪めて、声を震わせる。

「大変だったわよ。爆弾が爆発した方がまだましよ」

ドングリも虫も部屋の中に散らばった。両方とも手でつまむ気になれず、しかし放っておけば虫はどこに潜り込むかわからない。

「だからドングリを箒(ほうき)で外に掃き出して、後は掃除機で吸い込んだのよ。その後しばらくは使った箒や掃除機を手に取るのも嫌だったわね」

「ひどいですね、そのガンちゃんって子。私だったら、そのまま家に行って親に言いつけてやります」

奈津美は腕まくりをしそうな勢いだった。

しかし宇月が、「でも、それが悪戯だったか、事故だったかわからないって話ですよね」と言うと、「あっ、そうか」とトーンダウンした。

「そのガンちゃんって、どんな子だったんですか。そんな悪質な悪戯をしそうな悪ガキだったんですか」

　奈津美に訊かれて、京子は少し考えた。

「落ち着きがなくて、いつもバタバタしているような子だったわね。でもそこまで意地悪な子ではなかったのよ。だからドングリの中に虫がいることを知らなくて、たまたまそうなってしまったのかもしれないと思ったの。だけど後になって、他の子からその頃ガンちゃんが原っぱで虫を集めていたという話を聞かされて」

　それで、わざとやったことかもしれないと考えたのだ。京子を驚かすために、ドングリと虫を別々に集めて箱に入れ、お祖父さんの薬だと言って京子に渡した。そうだとしたらかなり悪質な悪戯だ。

「でもね……」

　悪戯と言い切れないのは、その後のガンちゃんの態度だ。学校で顔を合わせるたびに、あと二十日だよ、あと二週間だから、あと十日で開けていいよ、とその日が来るのを楽しみにしているような言葉を京子にかけたのだ。その様子に悪びれたところはなく、本当に祖父のことを心配しているような様子だった。

　わざとなのか、そうではないのか。

　ドングリがリウマチの薬になるはずもないし、一ヶ月待ってという言葉の意味もわからない。しかし混乱した京子にはそれを考える余裕もなかった。

結局、ガンちゃんには本当のことが言えなくて、一ヶ月経った後も話を有耶無耶にして終わらせてしまった覚えがある。

「当時の私は気が弱くて、思ったことを口にできない子だったのよ。だからその後もガンちゃんにきちんと訊くことができなくて……」

今でもそれは変わってないな。話をしながら京子は思った。あの女の子たちに謝ることができなくて、再び会うことが心苦しく、散歩の時間を変えてしまったのだ。

「子供って色々なことを考えるものですからね。もしかしたら本当にドングリが薬になると思っていたのかもしれません」

奈津美が励ますような声で言った。京子は同意するように頷いた。

「私もそう考えているわ。考えが足りないところはあったけれど、意地悪な子ではなかったもの。彼なりに考えてしたことが、あんな結果になったと思っている」

ガンちゃんが原っぱで虫を集めていたという話を聞いたけれど、だからといって彼がそれをドングリと一緒に箱に入れたとは限らない。ゲーム機もなかった時代のことなのだ。当時の男の子にとって虫捕りはごく普通の遊びだった。

京子は話し終えた後で、

「ずっと昔の話だし、それが悪戯だったのか、事故だったのか、どうにも判断のしようがないの。でも、私は事故だったと思っている。ガンちゃんはそんなことをするような子供じゃなかったし、たまたまそういうドングリを集めてしまって、あんなことになっただけなのよ」と話をまとめた。

しかし、それは嘘だと心の中では思っていた。本当に事故だと思っているなら、言葉の綾とはいえ、悪戯という言葉が最初に出てくることはないだろう。本当は、あれは悪戯だったと疑っている。しかしそう疑う自分が嫌で、ガンちゃんをそういう子だと思いたくなくて、あれは事故だと思い込んでいるだけなのだ。だからここまで誰にも話をしなかった。たいして面白くない話だと思っているのも事実だが、誰かに話して、それはやっぱり悪戯だよ、と言われるのが怖かったのだ。

「ごめんなさいね。やっぱりこれだけじゃ悪戯か、事故かはわからないわよね」

京子はそう言って話を終わらせようとしたが、「すみませんが、もう少しくわしい話をしてもらうことはできますか」と宇月が遮った。

「覚えていることはすべて話したわよ」

なんとなく不安になって京子は言った。

「お祖父さんの具合や、それをもらった時の状況について、もう少しくわしく教えていただけますか。覚えていなかったり、話をしたくなければ仕方ないですが」

「そうねえ……」

京子はもう一度記憶を探った。

お祖父さんのことは他の記憶と渾然一体(こんぜんいったい)となって、様々なことがもつれたように絡みあっている。それを解きほぐすためには、家族のことから話す必要があるようだ。
「その頃は両親とお祖父さん、私の四人家族だったんだけど、お祖父さんは関節リウマチを患っていて、一人で寝床から起き上がることができなかったわね。関節リウマチって、遺伝する可能性が高いそうで、父もかかったし、私もなったわ。父と私はまだ軽い方だったんだけど、祖父は本当に辛そうだった。悪化すると関節が固まって動かなくなるそうで、早期治療が大事なんですって。でも当時はそんな知識もなかったし、いい薬もなかった。布団から起きるのも一仕事で、母が昼夜となく手伝いをしていたわ。父は男ばかりの四人兄弟の一番上だったけど、弟たちは介護を手伝おうとしなかったしね」

病気を発症したのは五十代のはじめだったが、六十歳を超えた頃はまだ元気で、どこにでも自分の足で歩いて行けていた。駅前の料理店に親族を招いて、還暦のお祝いをしたこともある。その時は、将来お父さんに何かあったらみなで協力するから、と弟たちは言ったそうだが、いざとなったら誰も家によりつきもしなかった。兄弟といっても薄情なものだな、と父はよく文句を言っていた。

その頃、何かの拍子に、祖父の病気のことを学校で話したのだ。
「どういった経緯だったかよく覚えていないけれど、もしかしたら家族のことを題材に作文を書いて、それを発表した後だったのかもしれないわね。それからしばらくして、ガンちゃんがお菓子の箱をくれたのよ」

箱は紐できつく縛ってあった。このまま一ヶ月置いておいて、と言われたけれど、その言葉を重大には思わなかった。だから家に帰ってすぐに開けた。中には青いドングリの実がたくさんあった。これが薬なのかなと思ってよく見ると、箱の底に小さな黒い物がたくさんあって、それがもぞもぞ動いていた。悲鳴をあげて箱を投げ捨て、そこから先はうろ覚えだった。ドングリと虫を何とかしなくては、と思い、掃除機と箒を使って、必死に片付けた。虫を吸い込んだ掃除機のゴミを捨てる時もこわごわで、外に掃除機を持って出て、ゴミ袋を広げて、そこに捨てたことを覚えている。

「変なことを訊いていいですか」

京子が話を終えると、奈津美が言った。

「もしかして……ガンちゃんのことが好きだったんですか」

「私がガンちゃんを――？」

思ってもいない質問をされて、京子はぽかんとした。

「聞いていて思ったんですが、ガンちゃんからもらったプレゼントだから、一ヶ月待ってと言われてても、すぐに開けてしまったように聞こえましたけど」

「……好きというのとは違うわね。でも気にはなっていたかしら。だからお祖父さんの病気に効く薬をあげると言われて嬉しかったんだけど……」

そう口にしたものの、今となっては当時の記憶は曖昧だ。

「小学生のすることだし、病気に効く薬が本当に入っているとは思っていなかったと思うわ。でも彼の気持ちが嬉しくて、それで持ち帰って、すぐに開けてしまったってことかしら……」

最後は曖昧な口調になってしまった。

「ごめんなさいね。もうずっと前のことだから、こんなことしか思い出せなくて」

京子は謝った。しかし、「いいえ」と宇月は言った。

「お話を聞いて、ある程度のことはわかりました」

「えっ、本当に？」そう声を出したのは奈津美だった。

「じゃあ、あれは悪戯だったんですか？　それとも事故？」

「悪戯ではないと思いますが、ガンちゃんがドングリと虫をそれぞれ箱に入れたことは間違いないですね」

京子は息を呑んだ。やはりそうだったのか。でも、どうしてそう断言できるのだろうか。

「間違いないって、どうしてそんなことがわかるんですか」

京子の気持ちを代弁するように奈津美が訊いた。

「さきほど言ったように、地面に落ちたドングリの中にいるのはゾウムシの幼虫です。ゾウムシは甲虫ですから、その幼虫は白いブヨブヨした芋虫です。カブトムシの幼虫を小型にしたものを想像してもらえればいいと思います。箱を開けた時、箕輪様が見たのは黒い小さなもぞもぞと動く虫だったとのこと。そうであればゾウムシがドングリに産みつけたものではありません。誰かが別に集めて入れたものだと思います」

やはりあれは虫捕りをして集めたものだったか。

「それならやっぱり悪戯じゃないですか。それなのに悪戯じゃないってどういうことですか」

またも質問したのは奈津美だった。

「ポイントはそこです。やり方はともかくガンちゃんは本当にリウマチに効く薬を作ろうとしていたんだと思います」

「ドングリが薬になるんですか？　樸樕（ぼくそく）というクヌギの樹皮を使った生薬はありますが、ドングリはどうだったかな」奈津美は眉根を寄せた。

「では、それがドングリではなかったとしたらどうでしょう」

宇月は奈津美に言ってから、「ガンちゃんからもらった木の実ですが、本当にドングリだったと思いますか？」と京子に問いかけた。

「そうだったと思うわ。そういう形をしていたし」

「箱に入っていたのは青いドングリだとおっしゃいましたよね。一般的にドングリとは、茶色い円錐形の木の実を指していう言葉だと思うのですが、ガンちゃんはそれを何と言っていましたか。ドングリと言っていましたか」

「言ってないわ。お祖父さんの病気に効く薬だとしか言ってない」

「では、それをもらった時期は覚えていますか。春か、夏か、それとも秋だったか」

「……秋だったような気がするわ。夏が終わって、ちょっと涼しくなった頃」

ドングリがある季節なのだから秋に決まっている。彼は何を知りたくて、こんな質問をするのだろうか、と京子は訝った。

「わかりました。これが最後の質問です。ガンちゃんは猫を飼っていませんでしたか」

猫？

京子は面食らった。そんなのはわからない、と言いかけた時、記憶の奥底からあぶくのように湧き上がったことがある。

「猫……そう、猫よ……！」

思わず大きな声が出た。

「飼っていたんですか」奈津美が驚いた顔をする。

「飼っていたわけじゃないけど、彼の家は猫屋敷と呼ばれていたの」

餌をあげているわけでもないのに、庭に野良猫が集まってきて、近所から文句を言われているとガンちゃんは言っていたのだ。

「今と違って、どこにでも野良猫がいる時代だったから、一匹や二匹じゃなくて、十匹とか、時にはもっと多く集まって困っていると言っていたわ」

　でも、どうしてそれがわかったのだろう。

「どういうことなの」京子はまじまじと宇月を見た。

「そうであれば、おそらくですがガンちゃんが箱に入れたものはドングリではないですね。季節的に考えて、夏梅（なつうめ）だったと思われます。箱の中に虫が入っていたことを考えると、ガンちゃんは木天蓼（もくてんりょう）を作ろうとしたのでしょう」

　夏梅なんて初めて聞いた。さらに木天蓼とは何だろう。

　京子が戸惑っていると、宇月が丁寧に説明してくれた。

「夏梅というのはサルナシ科の落葉つる植物です。初夏の頃に梅に似た形の花をつけることから夏梅と呼ばれます。花が散った後にドングリ型の実をつけますが、ある種類のアブラムシが花の子房に卵を産みつけると、実になった時に異常発育を起こして、カボチャのような形になるんです。それを虫こぶと呼びますが、虫こぶのできた夏梅の実は生薬として使われます」

　あっ、と奈津美が声を出した。「それで猫のことを訊いたんですね」

「なに？　猫がどうしたの？」

奈津美はわかったようだが、京子はまだわからない。

「夏梅というのはマタタビの別称です。虫こぶのできた実は、木天蓼という生薬になるんです。体を温め、血行をよくし、強心利尿の働きがあり、神経痛、腰痛、リウマチに効果があるとされています」

リウマチ。ああ、それで。

京子もようやく納得がいった。

「ガンちゃんの家の庭には、おそらくマタタビが植えられていたのでしょう。マタタビを猫に嗅がせるとじゃれついたり、酔っ払ったようになる。猫はマタタビが大好きだから、ガンちゃんの家に集まってきたのだと思われます。そして虫こぶになったマタタビの実は生薬になる。何かをきっかけにガンちゃんはそれを知って、箕輪様のお祖父さんのために自分で作ろうとしたのでしょう」

「待って、待って」京子は言った。

「ガンちゃんは小学生だったのよ。そんなことをどこでどうやって知ったのかしら」

「そこまではわかりかねますが、身近に、漢方薬にくわしい方がいたのかもしれませんね」

「でもその木天蓼って簡単に作れるの？」

「簡単ではないです。虫こぶのできた実を採取した後、熱湯や蒸気にあてたり、天日干しをする必要があります。それにどんなアブラムシでもいいわけじゃない。マタタビアブラムシという種類じゃないと、実に寄生しないと思います」

「そもそもの話、順序がおかしいですよね。本来なら虫こぶのできた実を採取して、加工しなければいけないのに、普通の実とアブラムシを一緒にして虫こぶを作ろうとした。虫こぶができるはずがないし、仮にできたとしてもそのままでは薬としては使えません。小学生の思いつきにしても、かなり稚拙だと思いますが」奈津美が首を傾げながら言った。

「インターネットもない時代とのことですから、うろ覚えの知識で作ろうとしたのかもしれませんね」

　宇月と奈津美の話は続いていた。

しかし京子は上の空だった。当時のことをぼんやりと思い出す。

嫌なことがあったり、失敗したりした時、それをそのままやり過ごすことが京子の処世術になっていた。子供の頃からそうだった。それは大人になってからも変わっていない。

　他人に嫌なことをされても、自分で認めなければなかったのと同じだ。

　京子はそう考えて自分の人生を生きてきた。それが悪いことだとは思わなかったし、色々な意味で仕方がないと思ってきた。

しかし、そうではなかったことにあらためて気がついた。

嫌なことに目をつぶって、それをないこととして生きてきた結果、真実を見逃して、大きな損を抱えることがある。あの時、きちんとガンちゃんと話をしていれば、こんなに長い間、あの件を引きずることはなかったのだ。そうすればチャコの散歩の時に会った女の子たちに、嫌な思いをさせることもなかっただろう。

身から出た錆。自分で蒔いた種。そんな言葉が頭の中に思い浮かんだ。

「あれはドングリではなくて、マタタビの実だったのね」

京子は肩を落としてため息をついた。

「ガンちゃんは何も説明しなかったのですか」宇月が確認するように訊く。

「お祖父さんの病気に効く薬だとしか言わなかったわ」

「黙っていて、驚かせるつもりだったのかもしれないですね」奈津美も同情するように言った。

「そうね……でも今さら何を言っても仕方ないわ」

そう返事をしながら、しかし京子は清々しい気分になっていた。彼は意地悪であんなことをしたのではない。それがはっきりして、胸のつかえが取れたような気になった。奈津美も宇月の話を聞いてすっきりしたようだ。

「でも、ガンちゃんっていい子ですね。最初に話を聞いた時は意地悪な子だと思いましたが、事情を知って見方が変わりました。友だちのお祖父さんのために生薬を作ろうとするなんて、とてもユニークで優しい子だと思います」

そして、同じクラスにいたら楽しかったかもしれないです、と言い足した。

さっき引っ叩いてやると言ったことの罪滅ぼしなのかもしれない。

「確かにそうね。一緒にいると面白かったわよ」京子も頷いた。

「勉強や体育は不得意だったけど、ユニークな考え方をする子だったわ。興奮すると手に負えない時もあったけど、普段は大人しくていい子だった」

図工の才能には光るものがあって、自画像での色使いや、紙で作る工作物は学年でも一、二を争う出来栄えだったことを覚えている。

「考え方が他の子と違うんですね。小学生で木天蓼を作ろうなんて、本当にすごいと思います」奈津美はしきりに感心している。

「ガンちゃんもすごいけれど、私は宇月さんにも感心したわよ。話を聞いただけで、それだけのことがわかるなんて、とてもすごいことだと思うけど」

京子はあらためて宇月に目をやった。

「どうしてそれがわかったの」

「たまたまですよ」宇月は謙遜（けんそん）した。

「木天蓼という漢方薬がリウマチに効くことと、木天蓼はマタタビアブラムシがマタタビの実に寄生してできたものだということを知っていたことが幸いしたということです」

それだけではないようにも思ったが、宇月は笑っているだけなので、それ以上言うことはしなかった。代わりに自分のことを口にした。

「私、昔から構えてしまって、自分をさらけ出せないところがあったのよ。嫌なことがあっても嫌と言わず、黙って我慢したり、そっと距離を置いてそのまま流してしまったりすることが。そうやって生きてきて、それが自分の処世術だと思っていたけれど、やっぱりそれは間違いだって気づいたわ。あの時の子供たちとお母さんのこともそう。私のせいで驚かせて、嫌な気持ちにさせてしまって悪かったと思いながら、失敗したという気持ちが強くて、事情を説明して、きちんと謝ろうという発想が出てこなかった。でも今回のことでわかったわ。逃げてばかりではダメだって」

あの子たちに謝って、お母さんたちにきちんと事情を説明するわ、と京子は言った。

そうやって言葉にすると、本当にそうだという気持ちが心に湧いてきた。

「そうですね。説明すれば、きっとわかってもらえると思いますよ」宇月が笑った。

「驚かせてしまったお詫びに、何かプレゼントをするという方法もありますよ。来月はクリスマスですし、きっと子供たちも喜ぶはずです」奈津美も笑みを浮かべる。

「それはいいわね。何にしようかしら。木の実と虫以外のものを考えてみるわ」

京子が言うと、宇月と奈津美は声を出して笑った。

5

箕輪京子は満足した面持ちで薬局を出て行った。

必要な漢方薬を購入したことに加えて、長年抱えていた謎を解き明かしてもらったことが嬉しかったのだろう。

帰っていく背中に頭を下げながら、奈津美はあらためて宇月に感心した。

傍で見ていて苛々することもあるが、頭の回転の速さには一目置くべきところがあるようだ。

「お疲れ様でした。箕輪様も満足されたようで、今日は宇月さんのお手柄だと思います」

しかし宇月は浮かない顔で考え込んでいた。

「どうかしましたか」

顔をあげた宇月の顔には、なぜか憂愁の色がある。

「天草さんは、さっきの話に納得しましたか」

「しました。宇月さんの推理には、漢方薬剤師ならではの知見があると感心しました。お見事です」

「ありがとうございます。でも小学校低学年の子供が木天蓼を作ろうとしたなんて、本当にそんなことがあったと思いますか」

宇月の言葉を聞いて、奈津美は呆(あき)れた。

「だって自分で言ったことじゃないですか」

「それはそうなんですが、箕輪さんの話にはおかしなところがいくつかあって、それを考えると、なんだか釈然としない気持ちになるんです」

「おかしなところって何ですか」奈津美は訊いた。

「箕輪さんの子供時代というと五〇年代半ば、情報を得るには本を読むしか手段がなかった時代です。ガンちゃんは勉強が苦手だったと箕輪さんは言ってました。それなのに彼はどこから木天蓼の情報を得たのでしょうか」

「誰かに聞いたということじゃないですか。家族、親族、あるいは近所の顔見知りのおじさんおばさん。当時は今よりも地域の結びつきがあったから、漢方薬にくわしい、親切な大人が近くにいたのかもしれません」

「でも漢方薬が、これだけ身近な薬になったのは最近のことですよ。当時、そんな情報を持った人が都合よく身近にいたのかなという気がします。リウマチ等の関節痛に効く薬として、木天蓼を選んだことは正しいです。しかしマタタビの実とアブラムシを一緒に箱に入れて、木天蓼を作ろうとする行為は子供の思いつきに過ぎません。その落差が、僕にはどうにも不思議なんですよ」

　宇月の言いたいことがなんとなくわかった。ガンちゃんが京子に木天蓼もどきを贈った行為は、ドングリをハンカチに包んで箕輪にプレゼントした幼稚園児の行動と大きく変わらない。そこに大人の知識が介入した形跡は感じられない。ガンちゃんはどうやって木天蓼の知識を知り得たのだろうか。薬剤師として、そこが気になるということだろう。

「あと、箕輪さんの話に年代的にずれがあるのも気になりました。学校にガンちゃんという子供がいて、マタタビの実とアブラムシが入った箱を、お祖父さんの病気を治す薬としてもらったという事実はあったとして、時期については思い違いがあるように思います」

「どういうことですか」

　奈津美は首をかしげた。一緒に話を聞いていたが、特におかしいと思った点はない。

「お祖父さんは十九世紀の最後の年に生まれた、と箕輪さんは言っていましたよね。そして古希を迎えて、しばらくしてから肺炎で亡くなったと。十九世紀の最後の年は西暦一九〇〇年です。そして古希は七十歳のお祝いですから、お祖父さんが亡くなったのは一九七二から四年頃と思われます。箕輪さんは今年七十二歳なので、お祖父さんが亡くなった時は二十四歳か二十五歳だったはず。還暦のお祝いには、近所の料理屋に親戚を呼んでお祝いをしたという話もありました。お祖父さんが還暦を迎えたのは一九六〇年です。当時箕輪さんは十二歳になっていた。これらの話から考えるに、お祖父さんがリウマチでほぼ寝たきりに近い状態になったのは、箕輪さんが十二歳から二十五歳の間ということになります」

奈津美は指を折って計算した。

「お祖父さんの病気が一時的に改善したということではないですか」

「関節リウマチは関節が炎症を起こして、軟骨や骨が破壊されて、変形して動かなくなってしまう病気です。自己免疫疾患で原因は不明。現代においても、破壊されて、動かなくなってしまった関節を元に戻すことはできません。あの時代において、立ち上がることも難しくなった患者さんが、そこまで元気になることはないと思います」

計算すると、たしかに出来事の順序はおかしいようだった。しかし自分でも記憶が曖昧だと箕輪は言っていた。いまさら宇月は何を言いたいのだろう。

「あっ」奈津美は最悪の想像をした。「もしかして……ガンちゃんなんて子はいなかった、すべては箕輪さんの妄想だったと言いたいわけですか」

奈津美が言うと、宇月は、「いいえ、そうではなくて」と手を振った。

「妄想にしては細部の記憶がしっかりしていました。実際にあったことだと思います。ただそういうことがあったとして、それは箕輪さんの子供時代ではなく、大人になってからではないかと思いました」

よく意味がわからない。彼女が小学生だった頃の思い出話として聞いていたのだ。

「それは大人になった箕輪さんに子供の友達がいたということですか。それともガンちゃんも実は大人だったとか」

「箕輪さんは小学校の教員だったということでしたよね。だとしたらガンちゃんは、その教え子だったのではないかと思うのです」

「どういうことですか」奈津美はさらに首をひねった。

「箕輪さんの話を聞いて不思議だったのは、彼女がガンちゃんをまったく非難しなかったことです。故意にしろ、事故にしろ、そんなプレゼントをされたら怒ったり、悲しんだりするものじゃないですか。それがトラウマになって、今でも弊害が出ているんです。文句のひとつやふたつは言いたくなるのが人情です。彼女はガンちゃんに寛大すぎると思い、そこに年上の人間の鷹揚さのようなものを感じました」

子供から悪戯をされて怒ったりするのは大人げない。

そんな意識があって、あんな態度を取ったのではないかと思ったのだ。

「だから二人は、小学校低学年のクラスの担任の先生と生徒だったのではないかと想像したんです」

家族のことを書いた作文の発表が終わった後で、実はリウマチで寝たきりのお祖父さんが家にいるという話を先生がした。男の子は、先生の力になりたいと思った。それでリウマチのことを調べて、木天蓼という漢方薬がいいことを知った。

薬の材料はマタタビの実とアブラムシだ。マタタビの実は家の庭にあるし、アブラムシだって探せばすぐに見つかるだろう。それなら自分で作ることができる。

男の子は喜んで、すぐにそれを作ることにした。

惜しむらくは、くわしい作り方がわからなかったことだった。彼は子供らしい大雑把さで、マタタビの実とアブラムシを一緒に箱に入れて先生に手渡した。そしてこれはお祖父さんの薬だから、一ヶ月後に開けてほしいと言い添えた……。

「たしかに、それなら年代的には辻褄が合いますが……」

奈津美は指を折って計算しながら頷いた。お祖父さんが古希を迎えた後に、箕輪さんは大学を出て、教員として働きはじめたことになる。

「部屋に散らばった虫を集めるために掃除機を使ったという部分も気になりました。掃除機が一般家庭に普及したのは一九六〇年代です。箕輪さんが小学生だった一九五〇年代には、まだ箒と塵取りが一般的だったと思います」

宇月はスマートフォンを見せた。いつの間にか調べていたようだ。

なるほど。時期的にはそうかもしれない。でもそれだと逆におかしなことがある。

「でも先生であれば、ガンちゃんの行いを放置しないで、きちんと話を聞いたのではないですか」

「ベテランの先生であればそうしたのかもしれませんね。でも当時はそこまでの余裕がなかったのではないでしょうか。アクシデントだとすれば、その好意を無にするのが心苦しかったし、悪戯だとすれば、自分の教師としての力量不足から生じた結果だと思うのが怖かった。それで起こったことを自分の胸にしまい、誰にも言わずになかったことにしようとした」

京子はガンちゃんのことを、興奮すると手に負えないところもあったけど、普段は大人しくて、とてもいい子だと言っていた。

たしかにそれは、友達というよりも大人が評した言葉に思える。

ガンちゃんは、おそらく感情の起伏の激しい子だったのだろう。新任の教師ならば、その扱いに手を焼いたことだろう。そんなガンちゃんがお祖父さんのためにと薬をくれた。京子は喜んで、一ヶ月待ってという言いつけを守らずに、その日のうちに蓋を開けてしまった。

もちろん一ヶ月待ったところで結果は同じだっただろう。しかし京子は、それとは関係なく、自分の軽率な行いがこんな事態を引き起こしたと反省したのだ。そしてその結果を自分の責任として受け入れた。

悪いのはガンちゃんではなく、言われた通りにしなかった自分だ。

そう思って彼を責めることをしなかったのだ。たしかにそれなら話の辻褄は合うだろう。

「でも二十代の頃の記憶を、子供時代の記憶と取り違えるなんてことがあるでしょうか」

奈津美が言うと、宇月は何かを思い出すように顎に手を当てた。

「昔勤めていた調剤薬局で訪問介護の仕事をしたことがありますが、そこで似たような話を聞いたことがあります。記憶が曖昧になると、人は都合の悪いことは忘れて、都合のいいことばかりを思い出すようになることがあるとか。罪悪感や喪失感のからんだ記憶ほど、それは顕著だということでした」

過去の経験を引き合いに出されると何も言えない。

「そういうものですか」

奈津美はそっけなく言った。するとそこに不満を感じ取ったのか、

「もっとも、最後の部分は、年齢とは関係ないかもしれませんが」と宇月は言葉を続けた。

「実は、僕も経験があるんです」

「宇月さんがですか」奈津美は目を見張った。

「昔、事故に遭ったという話はしましたよね」

聞いている。事故の内容は知らないが、後遺症で今でも手や足などに麻痺が残っているそうだ。最近では長時間立っていることが辛くなり、それで座って仕事のできる薬局を探していると言っていた。

「自分では意識していませんが、無意識に記憶を改竄しているかもしれません。救急搬送されて、そのまま入院したこともあり、今でもその前後の記憶が曖昧なんです。後で思い出したこともありますが、警察から聞いた話と辻褄が合わない部分もあって、それが自分の中で消化不良を起こしています」

「……遭われたのは大きな事故だったんですか」

「大きいというわけではないですが、加害者がいましたから」

加害者……交通事故の加害者か。それとも犯罪行為に巻き込まれたということか。いや、そもそも罪悪感や喪失感のからんだ記憶の話から出たことだ。加害者がいる事故で、被害者である宇月が罪悪感や喪失感を覚えるというのは、一体どういうことなのか。

そんな疑問が表情に出ていたのだろう。

「すみません。僕の話はもういいです」と宇月は手を振った。

「罪悪感や喪失感というほどに大袈裟(おおげさ)ではなくても、自分に都合のいいような記憶に置き換えることはあると思います。嫌な気持ちや悲しい辛い気持ちを抱えたまま、長い人生を生きていくのは辛いことですからね」

思わせぶりな言葉に興味を惹かれたが、それはどういうことですか、と軽々に質問できないような雰囲気が宇月の口調にはあった。

奈津美はそれ以上質問するのをやめて、箕輪のことに話を戻した。

「……今の話を箕輪さんにしますか。その記憶は思い違いではないですかって」

「しなくていいと思います。そんなことをしても箕輪さんに得はありません。ガンちゃんは木天蓼を作ろうとしていて、そこに悪意は存在しなかった。それがわかれば十分だと思います」

「じゃあ、ここだけの話ということですね」

「そうですね」と宇月は頷いてから、

「ところで、今の話とは関係ないのですが、箕輪さんと話をしていて、もうひとつ気になったことがありました」と言った。

「なんですか」

「漢方薬の話をしていて武史くんという名前が出てきたんです。前に武史くんにも言われたわと箕輪さんは言っていました。その武史くんというのが、誰なのか気になったのですが、天草さんはご存じですか」

ああ、そのことか。

「父です。天草武史。てんぐさ堂の社長です」

「そうだったんですか」宇月は意外そうな顔をする。

「知りませんでした」

「黙っていてすみません。ただそれを言うと、宇月さんが意識してしまうだろうと思ったもので。社長の知り合いだからって、特別扱いをするようなことが私は嫌なんです。一見のお客様でも、常連のお客様でも、同じような接客をすることが大事だと思っています。だからあえて言わないでおきました」

「なるほど。そういうことですか」

宇月は感心したように頷いた。

「さすが天草さんです。僕もそういう考え方は好きですよ」

さらりと言われて息が止まった。

天草さんのことが好きですよ、と言われた気になったのだ。しかし勘違いだとわかっても、もちろんそうでないことはすぐにわかった。しかし勘違いだとわかっても、頬の火照りと心臓がバクバクいうのは止められない。恥ずかしさに奈津美は急いで後ろを向いた。

「つ、次の予約は三十分後です」

それだけ言って、受付に戻った。しかし動悸はいまだ収まらない。

薬学生時代も、卒業してからも、勉強と仕事に忙しすぎて、男性と親密になる機会はなかったが、それにしてもあんな一言にこれだけどぎまぎするのはどういうものだろう。

気持ちを切り替えて仕事をしようとしたが手につかない。そんな自分に腹が立ってきて、よし、一旦忘れて仕事に集中しよう、と宇月に目を向けずに考えた。

6

その夜のこと。

薬局を閉めた奈津美は、二階のリビングで父の帰りを待っていた。

父はてんぐさ堂の代表取締役社長という肩書を持っているが、それはあくまでも肩書だけで、日中は所有している賃貸マンションの見回りに行くと言って、外出するのが日課になっていた。しかし、それは外に行くための口実だろうと奈津美はにらんでいた。ゴミ置き場やエントランスの掃除は業者に管理を依頼しているから、することと言えば、共用部分の掃除と建物の修繕個所(かしょ)をチェックするくらい。おそらく数時間で切り上げて、その後はどこかで遊んでいるのだろう。夜は飲み屋をはしごしているらしく、毎晩顔を赤くして帰ってくる。

昔は違った。

口下手(くちべた)で、愛想はないが、真面目に薬剤師の仕事をこなして、夜ごと飲み歩くようなことはしなかった。

父がこうなったのは、母がすい臓がんで亡くなったことに起因している。

てんぐさ堂がこの地に開局したのは、薬剤師だった祖父が、医師免許を持った高名な漢方医の先生と懇意だったことにある。その先生のクリニックがすぐそばにあり、処方された薬をてんぐさ堂で取り扱っていたのだ。先生が引退した後は息子が後を継いだ。しかし七年前にはその息子も体調不良を理由にクリニックを閉めた。それ以来てんぐさ堂の売上は右肩下がりに減ってきた。

それでも営業を続けられたのは、母の人柄によるものが大きかった。父とは対照的に、母は陽気でお喋りで、初対面の人ともすぐに友達になってしまうような人だった。その人懐こさと明るさに惹かれて、近隣の常連さんが足しげく通ってくれたのだ。もちろん地道な営業努力も行った。湯剤やエキス剤以外にもＯＴＣ薬品やサプリメントの品揃えを増やし、さらに健康食品や雑貨も扱って一般のお客さんを呼び込んだ。健康相談などの催しも定期的に行って、母が病魔に倒れるまでは、なんとか黒字を出していた。

すい臓がんは症状が出にくく、早期の発見および治療が難しいとされている。母も癌(がん)とわかってから一年と少しで亡くなった。当時、奈津美は薬科大学の四年生だった。

漢方薬局の一人娘として育った奈津美は、将来は薬剤師になり、てんぐさ堂を継ぐのが自分の使命だと思っていた。

だから母の病気がわかった時は愕然とした。母が亡くなるまでの一年間、薬局で父の仕事を手伝う以外は大学か、母の入院している病院にいた。他のことをする暇もないほどに忙しい毎日を送っていたが、それでも大学を休学しなかったのは、卒業と同時に薬剤師の免許を取って、健康になった母と一緒に仕事をすることを目標にしていたからだ。

その目標のはるか手前で母は亡くなった。しかし父の手助けをして、てんぐさ堂を盛り立てるという新たな目標のために、大学は必要以上に休まなかった。

それなのに母が亡くなって一年ほどすると、てんぐさ堂を閉めたいと言い出した。それは奈津美にすれば青天の霹靂のような話だった。

祖父や母の思い出がつまった薬局を閉めるなんて信じられない。

奈津美は反対したが、父を翻意させることは難しかった。実際、当時のてんぐさ堂の経営状態はひどいものだった。売上が数千円という日が何日も続いたこともある。それでも二人が生活に困らず、奈津美が大学に通えたのは、遺産として祖父から受け継いだ賃貸マンションの収入があったためだ。

仮にてんぐさ堂を閉めても、薬剤師になりさえすれば奈津美は自分で働き口を見つけられるだろう。赤字が減れば、かえって生活は楽になるはずだ。父はそう言って奈津美を説得した。しかし奈津美は納得できなかった。祖父の代から続いているてんぐさ堂を潰すのは忍びない。だから父が引退するなら、自分が継ぐと主張した。

といっても、そのままの形で続けるのに限界があるのも事実だった。だから銀行から資金を借りて全面改装を行いたいと父に言った。

それは母が病魔に倒れる以前から、奈津美が温めてきたアイデアだった。ドラッグストアで誰でも簡単に漢方薬が手に入る時代なのだ。一般の人は、古い店構えの漢方薬局に見向きもしない。副作用が出にくく、体に優しいというイメージが普及して、漢方薬自体に注目が集まっているのに、それはもったいないことだった。漢方薬局のイメージを変えれば、きっとお客さんは来るはずだ。

ただし、新しく、カジュアルにすればいいというものでもないだろう。漢方薬は薬品であって、サプリメントや健康食品とは違うのだ。体に優しい、副作用がないという売り文句を鵜呑みにして、自己判断で薬を飲む人が増えることは避けるべきなのだ。

老若男女問わず、正しい知識とともに、安全性を担保された漢方薬が入手できる場所。奈津美は、てんぐさ堂をそんな漢方薬局にしたかった。

父を説得するために、奈津美はパソコンを使って、自宅でプレゼンテーションを行った。改装して営業を続けた時の損益計算書と貸借対照表をシミュレーションして、数年後には黒字経営に転じることができると力説した。その熱意についには父も折れて、条件付きで奈津美の提案を受け入れた。

その条件とは、自分は実務には携わらないということだった。

銀行から融資を受けるためには、父が代表取締役社長である必要があるだろう。しかしそれは対外的なことで、実際の薬局運営は奈津美が一人で取り仕切ること。それがてんぐさ堂の代替わりをするために、父が奈津美に出した条件だった。

もちろん奈津美に異論はない。

大学を卒業して、薬剤師の国家試験に合格したタイミングで、その計画は実行に移されるはずだった。奈津美は薬科大学に通うかたわら、薬局経営のための勉強もした。忙しい毎日が続いたが大変だと感じたことはない。計画は完璧だったのだ。もしも、その通りに行っていたら、今頃はもっと売上をあげられていたはずだ。

誰もいないリビングで、奈津美はそっと息を吐いた。

タラレバを考えるのは空しいことだ。

冷凍の明太子パスタで夕食を済ませると、自然食品の店で買ったドライフルーツを齧りながら小売店の経営を特集したビジネス雑誌に目を通した。

デジタル時計の表示が零時に近づいた頃、ようやく父が帰宅した。

「ただいま。ほら、お土産だ」

真っ赤になった顔をほころばせて、有名ブランドのロゴが入ったチョコレートの袋をテーブルに置く。

「ありがとう。でもいまダイエット中だから」奈津美はつれなく返事をした。

「何言っているんだよ。全然太ってないぞ」

「私が体重計に乗ったところを見てはいないでしょう」

「なんだよ。つんけんしているな。少しくらい食べても平気だから、中を見てみろよ」

笑いながら父は紙袋を奈津美に押しつける。奈津美がチョコレートに目がないことを知ってのふるまいだ。どうせパチンコで勝った金で買ったのだろう。それ以外に、父が上機嫌な理由が思い浮かばない。

「今日、薬局に箕輪さんが来たよ」

チョコレートの紙袋を横目で見ながら、奈津美はさりげなく父に言った。

「うん？　箕輪さんって誰だっけ」

薬剤師の仕事をしなくなった後、明らかに太ったであろう体をソファに預けて、父は不思議そうに言う。

「箕輪さんだよ。箕輪京子さん――知っているでしょう」

「……ああ、箕輪先生か。最近会ってないけど、元気かな」

最近会ってないのは、お父さんがてんぐさ堂に出ていないからでしょう。

そう言いたくなる気持ちを抑えて、「元気そうだったよ。また関節痛が出たらしいから、前にお父さんがしたように、葛根加苓朮附湯と防已黄耆湯を出しておいた」と奈津美は答えた。

「関節痛か。リウマチの影響かな。一時治ったように見えても、高齢になるとまた痛みがぶり返すことがあるからな。これから寒くなるから、大事にしてもらいたいな」

父は欠伸（あくび）を噛み殺して返事をした。

さて、本題はここからだ。奈津美は少し口調をあらためた。

「少し訊きたいんだけど、箕輪さんって、お父さんが小学生の時の担任の先生だったんだよね。その後結婚して、地方に行ったけど、離婚して東京に戻ってきて、また教師に復職した。定年退職間際に隣の小学校に赴任して、それで懐かしくなって、てんぐさ堂を訪れた。そういう話を前に聞いたけど、それで間違いはなかったかな」

それは母から聞かされた話だった。その後も、関節痛や更年期障害などの不調が出るたびにてんぐさ堂を訪れて漢方薬を買ってくれている。

「間違ってないけど、懐かしさだけでウチに来たわけじゃないぞ。お祖父さんがやはりリウマチで苦しんでいたそうで、自分もそうなるかもしれないって恐怖心があったんだ。だから予防薬として漢方薬を使おうとして、かつての教え子だった俺がいたてんぐさ堂に来てくれたというわけだ」

　奈津美は父の言葉を胸の中で繰り返した。

「お父さんは、箕輪先生のお祖父さんがリウマチだったことを知っていたんだね。それはいつ知ったの？」

「さあ、いつだったかな。はっきり覚えていないが、てんぐさ堂に来た時だったんじゃないのかな」

「もっと前だってことはない？　小学生の時に聞いていたってことは」

「小学生の時って、教師がそんな話を子供にするはずないだろう」

「作文に家族のことを書いて発表した時にそういう話をしたって、箕輪先生は言ってたよ」

「箕輪先生が？　じゃあ、そうだったのかな。俺は覚えていないけど」

「あと箕輪先生がてんぐさ堂に来たのは、お父さんのことを覚えていたからだよね。お父さんはそんなに思い出深い子だったの？」

「俺が特別だったわけじゃない。箕輪先生は、誰にも分け隔てなく平等にしてくれるいい先生だった。子供の家庭環境にも気を配っていたし、だから俺の家が漢方薬局だったことは知っていた。なにせ苗字が天草で、薬局の名前がてんぐさ堂だからな。当時、俺はてんぐさって仇名（あだな）だったし、先生にその理由を訊かれて答えた覚えもあるし」

「そんなことは覚えているんだね」

「若くて、美人で男の子に人気がある先生だったからな。先生から家のことを訊かれて嬉しかったことを覚えているよ」

「ということはクラスの同級生も、お父さんの家が漢方薬局だったことは知っていたよね」

「もちろん知っていたさ」父はソファにもたれた。

「でも、なんだってそんなことを訊くんだよ。箕輪先生に何か言われたのか」

「そういうわけじゃないけれど」

奈津美は言葉を濁して、「お茶でもいれる？」と訊いた。

「冷たいのがいいな」父は眠そうに欠伸をする。

奈津美は立ち上がって、冷蔵庫をあけて、ペットボトルの緑茶をグラスに注いだ。

話の途中で寝られたら困る。

「もうひとつ訊きたいんだけど、いい？」と台所から大声で言った。

「当時、クラスにガンちゃんって仇名の子がいた？」

「なんだ。いきなり」父は困惑した声を出す。

「昔の話を箕輪先生から聞いたんだけど、それでちょっと気になることがあって」

リビングに戻り、緑茶の入ったグラスを渡しながら奈津美は言った。

「うーん、ガンちゃんなんていたかな」

グラスの緑茶を一息に飲みながら、父は眉根をよせて考え込んでいる。

父が思い出せないなら話は終わりだ。

宇月の推理が正しいのかどうかわからない。まあ、それがわかったところで誰かが得するわけでもない。

「猫屋敷って言われている家に住んでいた子らしいけど、思い出せないなら、それでもいいよ」

その瞬間、父が手を打った。

「ああ、いたな。いたいた！　猫屋敷に住んでいた同級生が！」

父は懐かしそうに笑い声をあげた。

「ガンちゃんじゃない。ゴンちゃんだ。権田（ごんだ）って苗字で、そう呼ばれていたんだよ。家にマタタビの木があって、実がなると庭に猫が集まってくると言っていた。同じクラスだったけど、でも友達というほどに親しくはなかったぞ」

やっぱりいたのか。

「それで、これが一番訊きたいことなんだけど、当時そのゴンちゃんに漢方薬の質問をされたことはない？」

「漢方薬……？」父は首をひねった。「なんだそれ。どうしてそんなことを訊くんだよ」

「いいから答えて。大事なことなの」

「うーん」父は腕組みをした。「覚えてないな……」

「木天蓼――マタタビの実からできる生薬だよ。覚えていないことはないでしょう」

奈津美の言葉に父は、ああ、と声を出した。

「言われてみれば、そんなことがあったかな。俺は漢方薬のことなんて知らないって言ったのに、しつこく訊いてくるから、親父に訊いて教えたかもしれない」

「……お祖父ちゃんに訊いたんだね。もしかして作り方も教えた？」

「マタタビの実に、アブラムシが寄生した虫こぶから作る漢方薬だってことは言ったかな。マタタビの実は庭にあるから、どこかでアブラムシを捕まえてくればいいってゴンちゃんは喜んでいた。だから、すぐにはできないぞ、一ヶ月くらい待つ必要があるんだぞと言ったと思うけど……」

やはりそうだったのか。

それは箕輪が小学生の頃ではなくて、教師になってからの記憶ではないかと宇月から聞いた時、もしかしたらと思ったけれど、まさか本当にそういうことだったとは。

「一ヶ月待つ必要があると言ったけど、虫こぶを加熱処理して、天日で乾燥させる必要があるってことは言わなかったんだね。ただマタタビの実とアブラムシを一緒にするだけじゃ木天蓼にはならないってことも、きちんと説明していないし」

　奈津美が詰問口調で言うと、

「おいおい。勘弁してくれよ。当時の俺はまだ漢方について何も知らない小学生だったんだぞ。そんなことまでわかるはずがないだろう」と父は肩をすくめた。

まあ、そうかもしれないけど、でも一応言っておく。

――黒幕はお前だったんだな！

　名探偵ばりに父に指を突きつける自分を想像して、奈津美は一人悦に入った。

　父はそんな奈津美の胸中を知るよしもなく、

「なんだって、そんな昔の話をするんだよ。細かいことは覚えてないし、お前が何を言いたいのかもわからない。箕輪先生と関係のあることなのか」と一人でぶつぶつと言っている。

「……なんでもない。気にしないでいいよ」

　今さら蒸し返しても仕方がないことだった。箕輪さんにも、父にも本当のことを言う必要はないだろう。後で宇月だけにこっそり言えばいい。それでこの話は終わりにしよう。

　もっとも、昼間のことを思い出すと少し躊躇した。どぎまぎせずに話ができるだろうか。

いや、しなければダメだな。雇用者と被雇用者の関係なのだ。

そんなことでどぎまぎしていては薬局の経営は勤まらない。

「なんでもないって、余計気になるじゃないか」父が焦れたように口を尖らせる。

「もういいの。今の話は忘れて。明日も仕事があるんでしょう。忙しいんだから早く寝たら」

わざと冷たく言ってやる。

「せっかくだから、チョコレートをいただくね」

奈津美は紙袋から化粧箱を取り出し、整然と並んだトリュフ・チョコレートの品定めをはじめた。

7

てんぐさ堂からの帰り道で思い出したことがある。

あのことがあった少し前に、ガンちゃんを怒ったことがあったのだ。

休み時間に友だちとトラブルになってガンちゃんが手を出した。

一緒にいた友だちから話を聞いた限りでは、ガンちゃんに非があると思われた。だから普段よりも強く叱った。

すると翌日から、ガンちゃんは京子を避けるようになったのだ。精神的に幼くて、感情的になると抑えが利かなくなることがある子だった。そういうところは京子も普段から気にかけていて、だから悪いことは悪いと言うべきだと思って、あえてきつい言い方で怒ったのだ。

その時は正しい判断だと思ったが、後で近くで見ていた女の子から、実は手を出された子の方が悪いという話を聞かされた。先に手を出したのは友だちの方で、ガンちゃんは自分の身を庇おうとしただけだったのだ。それが運悪く、友だちを叩くようなことになったのだ。

それを知って京子は後悔した。しかもそれが七月の半ば頃の出来事で、その後すぐに学校は夏休みに入ってしまった。だから夏休みの間、京子はずっと気に病んでいた。そして九月になって二学期がはじまっても、ガンちゃんは京子によそよそしかった。まだ怒っている。京子はそんな風に考えて落ち込んでいた。そんな時期だったから、お祖父さんの薬と言われて、あの箱をもらって嬉しかったのだ。

ガンちゃんは自分を嫌っていないと知って、ほっとした。本当に薬が入っていると思ったわけではないが、そこにはガンちゃんの気持ちがあると思った。それが何かを確かめたかった。だからすぐに開けないでと言われたのに、もらったその日に開けてしまったのだ。

京子はそれを思い出した。

ガンちゃんの行いが悪戯でも事故でもどちらでもよかったのだ。

あれは自分の軽率な行いが引き起こした罰なのだ。悪いのは自分だ。そう思っていたから誰にも打ち明けることなく、自分の胸の奥深くにずっとしまっていたのだ。

でも、ガンちゃんが本当はリウマチの薬を作ろうとしていたなんて……。

京子は驚き、真実を教えてくれた宇月に感謝した。

祖父はそのしばらく後に体調を崩して入院した。翌月に意識がなくなり、数日後に亡くなった。意識がなくなって、もうもたないかもしれないと母から連絡があったのは、朝の職員会議の時だった。校長先生に急かされてタクシーで病院に向かったことを覚えている。それから——。

そこではたと考えた。

あれ？　本当にそうだっけ？　生徒である自分が職員会議に出ているのはおかしいのではと京子は首を捻った。何かが違っているような気がするが、それが何だかわからなかった。

あの出来事から今まで、果たして何年が経っているのだろう。

三十年、四十年、いや五十年か。考えてみたがよくわからない。

それで京子は考えることをあきらめた。ずっと昔にあったことなのだ。いまさら過去にこだわっても仕方ない。ガンちゃんが悪戯でしたのではないとわかっただけでも十分だ。

色んなことを怖がり、自分を脅かすものから逃げてきた。そういう風に生きてきて、気がついたらこの年だ。この生き方が正しかったのか、間違っていたのかはわからない。しかし。もう失敗を恐れたり、醜態を恥じる必要のない年齢になっていることはよくわかる。

人の目を気にするのはやめようと思った。今までずっと我慢してきたのだ。あと何年生きられるかわからないが、残りの人生は自分がしたいように生きてみよう。手始めにするべきは、あの時驚かしてしまった二人の女の子に謝ることだ。事情を母親に話して、女の子たちにきちんと謝ろう。そしてクリスマスにプレゼントを渡すのだ。

いまどきの女の子は、どんなプレゼントを喜ぶのだろうか。

家路を急ぎながら、京子はあれこれと考えを巡らせた。

第三話

用法

ノーテイスト・ノーライフ

年　月　日

1

「──そういうことで、ユリアちゃんがお店に行ってます。それではユリアちゃん、食リポをよろしくねぇ」

スタジオのMCにふられて、ハンディカメラがユリアを正面に捉えた。ユリアは息を吸い込むと、満面の笑みを浮かべてレンズを見つめた。

「スタジオのみなさん、こんにちは。私はいま、麻布十番(あざぶじゅうばん)にある薬膳(やくぜん)カフェ・楊貴妃(ようきひ)さんに来ています。こちらには国内外の様々な野菜や果物を使ったオーガニックメニューがありますが、その中でも美人の素(もと)と言われるナツメを使ったメニューがいま若い女性の間で評判になっているんです」

ハンディカメラの横でADがスケッチブックを広げる。次に話すべき内容が、そこに油性ペンで書かれていた。

「ナツメには、胃腸の調子を整えて、食欲不振や体の疲れを治し、気持ちの落ち込みや不眠などを改善する効果があります。サムゲタンに入っている赤い実がそれで、世界三大美人と名高い楊貴妃が好んで食べたことでも有名です。そういうわけで、今日はこちらのナツメを使った人気スイーツを紹介したいと思います」

台詞を読みながら、ユリアは素早くカウンターの前に移動した。店長の安田(やすだ)という女性がテーブルにパウンドケーキとジャスミン茶を用意してくれている。

「こんにちは。これがこちらで一番人気のナツメとアンズのパウンドケーキですか」

「はい……ナツメとアンズのジャムをパウンドケーキではさんで、甘さ控えめの生クリームをのせています」

　安田の喋りはぎこちなく、次に言うべき台詞が出てこない。たぶん緊張で飛んでしまったのだろう。ユリアはサポートするべく、続く台詞を自分で言った。

「中国では『一日にナツメを三粒食べると老いを防ぐ』と言われているそうですよ。それだけアンチエイジング効果が高い食品なんですね」

　それではいただいてみたいと思います、と言ってユリアは椅子に腰かけると、用意されたフォークに手を伸ばした。

　蔓草(つるくさ)のモチーフがふちに描かれた皿の中央に、三層になった薄褐色の四角いパウンドケーキが横たえられている。上部には真っ白い生クリームがこんもりと絞り出されて、クコの実が色どりに添えられていた。横には菊花を散らしたジャスミン茶が湯気を立てている。

　その様子をカメラがしっかり捉えたことを確認してから、ユリアはフォークを取りあげた。パウンドケーキの真ん中にそっと押し当て、生クリームの山を寸断するように、すっとケーキを半分にする。二分の一になったケーキをさらに半分に切ると、フォークで刺して、クリームをこぼさないようにゆっくり持ち上げ、大きく開けた口に押し込んだ。

カメラの前で試食をする時は、見栄え(みば)を考えて大胆かつ細心に。それが視聴者に最も受けがいい方法であることを、ユリアは事務所の先輩タレントから教わっていた。

甘さを控えた生クリームのほのかな甘みと、パウンドケーキのしっとりした感触、ナツメとアンズのジャムの甘酸っぱさが絶妙に調和しながら、口の中に広がるはずだった。それを表現するためのコメントも頭の中に用意してあった。

しかし——。

どうしたんだろう。何も感じない。口の中に何かがあることはわかる。しかしそれが何なのかがわからない。二度三度咀嚼(そしやく)して嚥下(えんげ)すると、その何かは食道から胃に落ちていった。

美味しさもまずさも感じない。何かを口に入れて飲み込んだ。そんな事実があるだけだ。

これまで飲食店での食リポを十回以上やってきた。ほとんどが評判通りの味だったが、中にはこれが本当に行列ができる味なのかと疑いたくなるような料理もあった。しかしそれだってここまでのことはない。これは美味(うま)いまずい以前の問題だ。まったく味がしないのだ。

もしかして薬膳カフェだからかな、とも考えた。

素材の味を最大限に引き出すために、調味料をほとんど使わない自然食の店があることは知っていた。しかしそのせいとも思えない。そもそも素材の味さえ感じない。ということは意図的なことなのか。わざと味のしないケーキを出して、自分が困惑する様を盗み撮りして、スタジオのMCや出演者がそれを見ながら笑っているケースを考えた。

しかし、これは平日の昼過ぎに放送されている情報番組の一コーナーなのだ。そんな意地悪な仕掛けをするとも思えなかった。では、どうしてケーキに味がしないのか。

ユリアは途方に暮れたが、それでも自分がするべきことはわかっていた。

「んー、美味しいですね。なんとも言えない味わいですね。パウンドケーキのもっちりした歯ごたえと、生クリームの甘さとジャムの酸味が一体感を出しています。食べた瞬間に口の中に幸せが広がります。これでジャムの材料であるナツメの実にはアンチエイジング効果があるというんだから、みなさん、食べないと損ですよ」

では、店長さん、最後に見ている方に一言お願いします、とユリアは安田に話をふった。

「週末は、このナツメとアンズのパウンドケーキを20%オフで販売します。みなさん、どうぞ食べに来てくださいね」

まだ緊張しているようで、コメントが中途半端だ。

「先着二十名様限定ですよ。みなさん、どうぞお早めに」

ユリアが言い足した後に、スタジオとのやりとりが入って中継は終わった。

「お疲れ様。ユリアちゃん、よかったよ」

中継に同行していたディレクターはユリアにそう声をかけると、安田に挨拶をして、撤収の指示をスタッフに出した。

無事に終わった――。

ユリアは誰にも気づかれないように大きく息を吐き出した。

どうしてパウンドケーキに味がしなかったのだろう。それを確かめたくて、テーブルに置かれたジャスミン茶のカップにそっと手を伸ばす。ジャスミン茶のフローラルな味わいが口から鼻に抜けて――こない。

ただの生ぬるい液体だ。もう一口飲んだが、やはり香りも味わいもしなかった。ケーキだけじゃない。ジャスミン茶も味がしなかった。

「ありがとうございました。最初のコメントもそうですし、最後も先着二十名と言うのを忘れてしまって――」

カップを持ったまま呆然(ぼうぜん)としているユリアに、安田が声をかけてきた。

「あのままだったら、土日の二日間、ずっと20％引きにしなくちゃいけないところでした。フォローしていただきありがとうございます」

そう言いながらユリアの手元に目をやった。

「それ、冷めてますよね。新しくいれなおしましょうか」

「ありがとうございます。でも、もう行かないといけないので大丈夫です」

そう断りながらも、パウンドケーキとジャスミン茶に味がしなかった理由が知りたかった。

「ジャスミン茶って、いい香りがしますけど、これってジャスミンの花から抽出して作るお茶なんですか」それとなく訊いてみた。

「そう思っている方が多いんですが、実は緑茶の一種です。お茶の葉にジャスミンの花を混ぜて、香りづけしたのがジャスミン茶なんですよ」

「そうなんですか。紅茶やウーロン茶みたいに緑茶と別の茶葉を使うのかと思っていました」

ユリアが目をまるくすると、安田は優しく笑った。

「実は緑茶も、紅茶も、ウーロン茶も、同じチャの木の葉を使った飲み物です。収穫して、すぐ加工するのが緑茶で、収穫した後に発酵させたものが紅茶、その中間で半分発酵させたものがウーロン茶になります。発酵が進むと、含まれたカテキンが酸化して赤くなって、それで色の違いが表れるんです」

「知りませんでした。教えていただきありがとうございます」

「とんでもありません。今回は取材に来ていただきありがとうございます。テレビで取り上げてもらえて光栄です」

嬉しそうに言われて、「いえ、こちらこそ。とても美味しくて驚きました」とユリアは慌てて頭を下げ返した。

安田は本当に嬉しそうだった。その態度に裏があるとは思えない。ということは味を感じなかった原因は自分にあるということか。

「お疲れ様」

店を出ると担当マネージャーの菊池が近づいてきた。十一月も終わりだというのに、小太りの菊池は額に汗を掻いている。菊池は芸能界好きがこうじて、銀行員をやめてこの世界に来たという三十代の男性だった。

「休憩したら、これからスタジオに行ってスチール撮影、それから来週分の打ち合わせがあるからね」使い込まれたメモ帳を開いて次の予定を説明する。

「……あの、菊池さん」

ユリアは人けがない方向に菊池を引っ張った。

「このお店、いつもとちょっと違いますよね」声をひそめて訊いてみた。

「えっ、違うって、どういうこと？　何か問題でもあったかな」

眼鏡のブリッジを押し上げながら、菊池が怪訝な顔をする。

「問題というか……これまでと比べて、ちょっと地味かなと思ったりして……」

遠回しに言ってみた。これまでは砂糖とバターとクリームがこってりのった、SNS映えするスイーツ中心の店が多かったのだ。

「薬膳カフェだからね。SNS映えするスイーツも飽きられ気味だし、これからは健康志向の店もはさんでいくって、前に打ち合わせで言ったじゃない」

「そんな話が出ましたっけ？　聞いた覚えがないですけれど」

「またまた、そんなことを言って、忘れっぽいな、ユリアちゃんは」菊池はそう言ってから、

「……そうか。あれはユリアちゃんが休んだ時だった」と思い出したように首をふった。

「二ヶ月前、新型コロナの陽性反応が出て、仕事を休んだことがあったよね。その時の打ち合わせでそういう話が出たんだよ」

ごめん、ごめん、言ってなかったか、と呑気に笑う菊池のいい加減さに軽い苛立ちを覚えて、「そうだったんですか。それであんなに味の薄いパウンドケーキが出てきたんですね」と嫌味を込めてユリアは言った。

しかし菊池は意外な反応をした。

「味が薄いって、そんなことはないでしょう。見栄えは地味だけど、味はしっかりしていたよ」

「菊池さんも食べたんですか」

「味見をどうぞって、店長さんが一口サイズのケーキをスタッフに配ってくれたんだ」

なるほど。カメラが回っているときは緊張していたが、そういうところは如才がなさそうな人だった。

「ナツメを使ったケーキなんて初めて食べたけど、甘みと酸味のバランスがよかったよ。アンチエイジングに効果があるなら、妻にお土産に買っていこうかな」

呑気に感想を口にする菊池を横目に見ながら、ということはやはり自分に問題があるのだとユリアは考えた。

ユリアが浮かない顔をしていることに、ようやく気づいたようで、「どうかしたの。体調でも悪いのかい」と菊池は気遣うそぶりを見せてきた。

「そういえば食リポのコメントが、いつもよりキレが悪かったようだったけど」

そう言われてドキリとした。

「どこが悪かったですか」知らないふりで訊いてみた。

「具体的には言えないけれど、言葉が上滑りしていたっていうか、本気で言っていないように聞こえたかな」

やはりそうか。ショックが顔に出たようで、菊池は少し慌てたように、

「もっと、こってりしたケーキを想像していたのかな。それでコメントがうまく出なかった？　ああ、ごめん。それなら僕の失敗だ。きちんと説明しないで悪かった。でも、そこまで悪くはなかったよ。いつも見ている僕だから思ったことで、テレビを見ている人にはわからない気がするし。だからそんなに落ち込まないでいいよ。少しくらいの失敗なら、次の放送で取り返せばいいし」と言った。

前から思っていたけど、本当に慰め方が下手だなあ。失敗とか、はっきり言わなくていいんだよ。頭の片隅でそんなことを考えながら、しかしユリアはそれどころではなかった。どうしようという気持ちで頭が一杯になっている。

お互い言葉につまったところで菊池のスマートフォンが鳴った。

「ちょっと、ごめん」

ほっとしたように、菊池は後ろを向いて話をはじめた。

それで少し余裕ができた。パウンドケーキとジャスミン茶の味と匂いがしなかったことを、菊池に打ち明けるべきだろうか、と考えた。

菊池は悪い人ではないが、事なかれ主義で、自分で責任を負うのを嫌がるところがある。その話をしても、自分では判断できないと言って、すぐに上司に相談するだろう。上まで話が行けば結果は明白だ。体調不良でユリアは休まされることになるはず

だ。

それは嫌だ。所属していたアイドルグループが不人気で解散した後、ようやくもらったテレビの仕事なのだ。番組MCの覚えもよく、コーナーの人気もそれなりに出てきたと聞いている。この世界、自分と同じような駆け出しタレントはいくらでもいる。ここで休めば、代役の子に仕事を取られてしまうかもしれない。

ダメだ。言えない。ユリアは唇を噛んだ。

新型コロナウイルスの陽性判定が出たのは二ヶ月前だった。

喉の痛み以外に目立った症状はなく、その後は療養期間を経て、仕事に復帰した。こんなことがなければ思い出せないほど、それは印象の薄い出来事だった。

新型コロナウイルスの後遺症に嗅覚障害や味覚障害がある。

そんな話を聞いたことはあるが、まさか自分にも症状が出るなんて。

菊池には言えない。自分で何とかしなくては。

診てくれる病院を調べたかったが、スマートフォンはロケバスの中に置いてきた。

ユリアはじりじりしながら、菊池の電話が終わるのを待った。

2

「新型コロナウイルスの後遺症で、匂いと味を感じないんです。漢方薬でなんとかなりませんか」

予約もなくてんぐさ堂を訪れた若い女性にいきなり質問されて、奈津美は戸惑った。

年齢は奈津美よりもたぶん下、二十代前半くらいだろう。

つばの長いキャップをかぶり、薄茶色のサングラスをかけて、顔の下半分は大きめのマスクに覆われているので、顔立ちはよくわからない。ベージュのフリースと黒のゆったりしたパンツという地味な服装で、口調には切迫感があって、思いつめているような雰囲気も感じられる。

こういう時、相手のペースに巻き込まれるといいことはない。まずは冷静になってもらおうと、「新型コロナウイルスの後遺症が疑われるのであれば、まずは病院を受診することをお勧めしますけれど」と言ってみる。

「行きました」間髪をいれずに女性は答えた。

「近所のクリニックに行きました。でも新型コロナウイルスの後遺症は治療法が確立されていないと言われて終わりでした。薬も出してくれません。後遺症を診てくれる病院は一ヶ月先まで予約が一杯です。でも私はそんなに待てないんです」

喋るほどに女性の声は大きくなっていく。

「SNSで調べたら、漢方薬で後遺症が改善することがあると知りました。ドラッグストアで売っている薬よりも、漢方薬局の薬の方が効くという話もあって、それでネットで探して、ここに来ました。仕事の都合で来られる時間が今しかなくて、断られると困るんです」

診てもらえませんか、このままだと仕事に支障が出るんです、と女性は言葉を続けた。表情はわからないが、口調には必死さが滲み出ている。

「わかりました。薬剤師の空きを確認してみますので、こちらで少しお待ちいただけますか」

その女性をソファに座らせてから、奈津美はタブレットで予約状況を確認した。

今日は城石と宇月の二人が在籍している。宇月は現在接客中。城石はいま休憩中で、戻ってきたら予約客の対応をする予定だ。宇月は十分後に手が空くが、一時間後には別の客の対応をする予定になっている。調整すれば四十分ほど時間は取れそうだ。しっかりしたカウンセリングをすることはできないが、とりあえず話を聞いて、薬を出すことはできるだろう。

奈津美がそう伝えると、「それでいいです」と女性は頷いてから、

「すみません。予約もなしで来たうえに、勝手なことを言ってしまって」と頭をさげた。

「どうぞ、お気になさらずに。体に不調があるときは、心の余裕もなくなるものですし、それに対応するのが私たちの仕事ですから」

奈津美はにっこり微笑んで、「こちらに記入をお願いします」と問診表と薬歴簿とアンケートをはさんだボードとペンを渡した。

五分後。

奈津美は記入された内容をチェックした。

大久保友梨亜（おおくぼゆりあ）。二十三歳。既往歴や手術経験はなく、普段飲んでいる薬もなし。過去に大病にかかったこともなく、妊娠はしていない。煙草は吸わない。アルコールは週に二回ほど。現在困っている症状は匂いと味を感じられないこと。前に新型コロナウイルスの陽性判定が出たので、その後遺症かもしれない。このままだと仕事に影響が出るので、早急に何とかしたい、と備考欄に書いてある。

職業は自営業となっていた。奈津美はソファに座る友梨亜をそっと見た。

味覚障害と嗅覚障害で仕事に支障をきたすということは、調理関係の仕事かなと考える。

——まあ、いいか。それは自分が考えることじゃない。

奈津美はタブレットを手に取り、新規顧客として友梨亜の情報を打ち込んだ。

友梨亜は手持ち無沙汰なのか、壁際にディスプレイしてある生薬の入ったガラス瓶を興味深そうに覗き込んでいる。宇月が接客を終えるには、もう少しかかりそうだった。この年代の女性が来局することは珍しい。味覚障害と嗅覚障害の治療という目的があって来たわけだが、せっかくなので漢方薬にもっと興味を持ってもらいたかった。

奈津美は友梨亜に近づき、そっと声をかけた。

「漢方薬に興味がおありなんですか」

「ああっ、はい」友梨亜は振り返って、ガラス瓶のひとつを指さした。

「これは生姜ですよね。これも漢方薬なんですね」

「これはヒネショウガの根茎を乾燥させたものですね。漢方医学では生姜といいます。体を温めて、発汗を促し、吐き気や食欲不振を改善する効果があるんですよ」

「生姜って、世界中で料理に使われていますよね。ジンジャーエールとか、ジンジャーブレッドとか。やっぱり体にいい食べ物なんですね」と友梨亜は頷き、さらに隣のガラス瓶に目をやった。

「これは朝鮮人参ですね。こっちは牡蠣の殻ですか」と興味深そうな声を出す。

「牡蠣といいます。不安、動悸、不眠の鎮静剤として使われて、胃酸を中和させる効果もあります。ここにあるのはすべて自然由来の生薬です。これを組み合わせて漢方薬ができるんですよ」

「この大棗って、ナツメですよね」友梨亜は別のガラス瓶を指さした。

「この前、仕事で薬膳カフェに行ったんですけど、その時にナツメのジャムが入ったパウンドケーキを食べました。アンチエイジング効果があると言われましたが、やっぱり漢方薬でも使われるものなんですね」

「カリウムやカルシウムなどのミネラル類、葉酸などのビタミンB群、食物繊維が豊富に含まれているので体にはいいですね。日本ではあまりなじみがないですが、中国では広くナツメのお菓子を食べる習慣があるようで、私もドライフルーツのナツメをよく食べています」

「へえ、そうなんだ。今度私も食べてみようかな」

「ぜひ、どうぞ。ほんのりした甘さと、さわやかな酸味が病みつきになりますよ」

「いいですね」と笑いかけて、「……あっ、でも」と友梨亜は顔を曇らせた。

「いまは無理ですね。味覚が治ったら試してみます」

そうだった……！

「ごめんなさい。無神経なことを言いました」奈津美は慌てて頭を下げた。

「気にしないでください。治ったら絶対に食べますから」

そこで友梨亜は、あれっという顔をした。

「天草さんっておっしゃるんですか」

奈津美が胸につけた名札を見たようだ。

「はい。そうです」奈津美は頷いた。

「じゃあ、ここのてんぐさ堂っていう名前、それを読み変えたものですか」

「そうなんですよ。最初はあまくさ堂にしようとしたそうですが、当時同じ名前の和菓子店が近くにあったそうで、それでてんぐさ堂にしたそうです」

それで友梨亜の表情が変わった。すがるような目で奈津美を見て、

「私の症状、漢方薬で治るでしょうか」と顔を寄せてきた。

「治らないと困るんです。今の仕事を続けていけません。新型コロナウイルスの後遺症は、まだ治療法が確立していないそうで、専門の病院でも漢方薬を使った治療を試している段階だという話を聞きました。漢方薬で治った例はあるんでしょうか」

いきなりのことに奈津美は焦ったが、

「治ると約束はできませんが、可能性はあると思います。これから薬剤師がお話をお聞きしますから、それまでもう少しお持ちください」となだめるように口にした。

「薬剤師って、あなたがそうじゃないんですか」

友梨亜は不思議そうな顔になる。ストレートな一言が胸に刺さったが、

「はい。私は違うんです」と奈津美は顔色を変えずに微笑んだ。

てんぐさ堂の専務取締役になって一年半が経つ。お客様にそういう反応をされても、最初の頃に感じたほどのショックは受けなくなっていた。

薬科大学を成績優秀で卒業しても、薬剤師国家試験に合格しなければ薬剤師にはな

れない。

奈津美は卒業時から三回連続して不合格になり、四回目の受験はあきらめた。「もう待てない。てんぐさ堂を閉める」と父親が最後通牒を突きつけてきたからだ。

それで奈津美は薬剤師の道をあきらめて、漢方薬局の経営をする道を選んだのだ。茨の道だと心配する人もいたが、他の選択肢はないと思って奈津美は決断した。なんとしてもてんぐさ堂を潰したくなかった。もっとも、そういうことを客に言えるはずもなく、こうして不思議そうな顔をされることもたまにある。

漢方薬局てんぐさ堂で仕事をしている天草姓の人間なら、当然薬剤師の免許を持っているだろうと客は思うのだろう。

「ウチには、漢方薬に精通した優秀な薬剤師が在籍しています。ご要望に応えられるよう努力いたしますので、もう少しお待ちください」

友梨亜を安心させるように、奈津美は丁寧に会釈した。

3

そうか。彼女は薬剤師ではなかったのか。

年齢も近そうで、感じがよかった。彼女が話を聞いてくれるならよかったのにな。

友梨亜は残念に思った。

仕事柄、十や二十も年上の男性と接する機会が多かった。あからさまなパワハラやセクハラの被害こそ受けていないが、それでも長い時間一緒にいれば、気を使って、ひどく疲れる。せめてプライベートの時間くらいは、そういったストレスから解放されたかった。

担当の薬剤師が年の近い女性ならいいのにな。

そんなことを考えていると天草が呼びに来た。願った甲斐なく、薬剤師は年上の男性だった。しかし顔つきは穏やかで、優しげだ。対面してもさほど緊張は感じなかった。

宇月といいます、よろしくお願いします、と彼は自己紹介をした。

席につくと、手元のタブレットと友梨亜の顔を交互に見ながら、丁寧な口調で質問を口にした。

「新型コロナウイルスで陽性判定が出たということですが、具体的にはどんな症状がありましたか」

「熱もあまり出ないし、咳もほとんどなかったです。気になったのは、咽喉が痛んだことくらいです」

「匂いと味を感じなくなったのはいつ頃ですか」

「三日前です。薬膳カフェでパウンドケーキとジャスミン茶を食べたんですが、何も感じなくて、あれっと思ったのが最初です」

それ以来、食べても飲んでも何も感じない。無味無臭という言葉の意味を、最低最悪の状態で体感しているところだった。

「それより前に違和感を覚えたことはありませんでしたか。味や匂いがこれまでとは違って感じられたとか」

「ありません。いきなり何も感じなくなりました」

近所の病院では診てもらえず、後遺症の治療ができる病院は一ヶ月先まで予約が埋まっていることを、友梨亜はあらためて口にした。

「ネットで情報を集めたら漢方薬がいいと知って、ここに来ました」

「かしこまりました。時間が限られているようなので、早速本題に入りますね」

宇月はきびきびした口調で話をはじめた。

「嗅覚障害や味覚障害には様々な理由があります。新型コロナウイルスの後遺症以外にも、加齢、口や鼻の疾患、糖尿病や内臓、消化器の病気、薬の副作用、ストレスなどの心因性によるものがあります。ただし私は医師ではないので、その原因を探ることはできません。もしも今あげた原因に心当たりがあるなら、まずはそちらの治療をしてみることをお勧めしますが……」

友梨亜は即座にかぶりをふった。

「コロナ以外に心当たりはありません。味覚障害には亜鉛がいいと聞いて、牡蠣やレバー、チーズを食べて、サプリメントも摂っていますが、まるで変わりがありません」

ネットで調べたところでは、新型コロナウイルスの後遺症による味覚障害と嗅覚障害は、突然現れることが多いらしい。個人差があるのも特徴で、早期に現れる場合もあれば、治った後や、しばらくしてから現れることもある。発症する仕組みがよくわかっていないため、これといった治療法もないという。だから自然治癒を待つしか方法はない。ネットの情報によれば、数週間から数ヶ月で治る場合もあれば、半年経っても改善しない例もあるそうだ。

しかしそれでは困るのだ。次の食リポのロケまでには、なんとか改善してほしかった。それで藁(わら)にもすがる思いでここに来たのだ。

「体の他の部分に異常はないのですね。では舌を見せてもらってもいいですか」

念のために口紅を塗ってきてよかったと思いながら、友梨亜はマスクを取って口をあけた。

「……ありがとうございます。もういいですよ」

五秒ほど舌を見てから宇月が言った。

「舌が痛い、乾燥する、腫(は)れぼったい、口の中がねばねばする、苦く感じるといった症状はないですか」

「口の中が乾く感じはあります。何も感じないと言いましたけど、今は水を飲んだ時に少しだけ苦みを感じます。これまでは何も感じることはなかったんですが、今日の朝くらいから、そんな風になりました」

　宇月はタブレットに何かを入力しながら、

「漢方医学では、患者さんの症状や体質を見て使う薬を決めます。体が冷えているのか、火照って熱がこもっているのか、病気に抵抗する体力があるのか、抵抗力が低下して弱っているのか、その症状がどのくらいの期間続いているのか――そういったことを総合的に判断して、証と呼ばれる患者さんの状態を見極めて治療を行うんです。だから本来はもっと時間をかけて、症状や体調をお伺いしたいのですが、時間が限られているようなので、今回は簡単に……」

　宇月は顔をあげて、友梨亜を真っすぐに見た。

「漢方医学的に診断すると、大久保様の現在の症状は、胃や食道に熱邪（ねつじゃ）が停滞して口腔や舌に影響が出た結果だと思われます。よって熱を冷ます漢方薬をお出しします」

　友梨亜は言われた意味がよくわからなかった。

「私の症状は、新型コロナウイルスの後遺症ではないということですか」

「漢方医学は原因を突き止めることに重きを置かないんです。現時点での体の状態を診て、陰と陽のどちらかに傾いた状態を中間に戻すことを治療とします。よって今回はこの二つの漢方薬を選びました」

宇月はプリントされた紙をカウンターの下から取り出した。当帰芍薬散と白虎加人(びゃっこかにん)参湯(じんとう)という薬の説明が記されている。当帰芍薬散は嗅覚障害に効果があり、白虎加人参湯は胃と食道の熱を冷ます効果があるそうだ。

「ただし、飲んですぐに効果が出るというものではありません。毎日飲み続けて二週間から四週間、あるいは数ヶ月かけて症状を緩和させたり、体質を変えていくのが漢方薬を使う治療となります」

――二週間から四週間、あるいは数ヶ月。

それでは次のロケには間に合わない。

友梨亜が顔をしかめたのに気づいたのだろう。

「それまで待てないというなら、お薬を出すことはしませんよ」と気を使ったように宇月は言ってくれた。

どうしようか。それでも他に方法はない。薬を飲めば、運よく来週までに治る可能性があるかもしれない。でも飲まなければ、後は神様に祈るしかない。

「薬をください」友梨亜は言った。

「かしこまりました。薬には湯剤とエキス剤がありますが、どちらにしましょうか」

説明を聞いて湯剤を選んだ。毎日煮出す手間があり、値段も高いと言われたけれど、飲むことを決めたなら手間もお金も惜しみたくない。

「では二週間分お出しします。とりあえず飲んでいただいて、その結果を見て、その後どうするかを相談しましょう」

薬を用意して参ります、と宇月は立ち上がった。カウンターの横に調剤室とプレートが出された大きなガラス窓のついた部屋がある。左脚を少し引きずるようにして、宇月はそちらに移動した。一人になってぼんやりしていると、天草がカウンターの中の宇月のいた場所に来た。

「宇月が薬を用意している間、薬を飲む時の注意をご説明いたします。大久保様は湯剤を飲まれるのは初めてですか」

湯剤どころか漢方薬を飲むのが初めてだ。

「はい」と友梨亜は頷いた。

「では、こちらをどうぞ」

湯剤を煮出す時の手順が書かれた紙をカウンターに置いた。

「薬を煮出す時は、ガラスやセラミック、あるいはステンレスの鍋や容器、もしくは土瓶等を使用してください。鉄と銅の容器は薬が化学変化を起こすのでＮＧです。まずは湯を沸騰させます。そこに煎じ薬を入れて、そのまま三十分煮出します。煎じ薬は一包で二回分です。煮出した薬を、朝と夜の二度に分けてお飲みください」

天草の説明はわかりやすかった。

「次に飲んだ後の注意ですが、漢方薬を使用すると瞑眩（めんげん）という反応が起きることがあります。目的の症状が改善する前に、予期しない症状が出る現象で、身体（からだ）が薬剤に対して過敏になっている時に起こります。具体的には、湿疹が出たり、汗をダラダラかいたり、トイレが近くなったり、女性の場合はおりものが出ることもあります。一時的なもので、それが収まった後に症状が改善に向かいます」

「それって副作用とは違うんですか。誰にでも起きるものですか」不安になって友梨亜は訊いた。

「副作用というのは、本来の目的以外の望ましくない作用のことで、瞑眩は好転作用とも言って、症状が良くなっていく過程で起きる不快な症状のことです。誰にでも起きるわけではないですが、そういうことを知らないと、漢方薬を飲んだら体調が悪くなったと思って、途中で飲むのをやめてしまう人がいるんです。それで前もって説明しています。念のために、明日か明後日にこちらから連絡を差し上げますので、何かあればその時にご相談ください。もちろんその前にご相談やご質問があれば、大久保様から電話していただいても結構です」

天草は自分を薬剤師ではないと言ったが、漢方薬にはくわしいようだった。

「あと、飲む時の注意ですが、薬だと思って飲むより、リラックスして、ゆったりした気分で飲んだ方がいいと思います。これは私のやり方ですが、煮出した漢方薬を普段使っているマグカップに入れて、両手で包み込むようにしながら、湯気をゆっくり吸い込み、一口二口と少しずつ味わいます。そうすると生薬の効能が、体のすみずみまで行き渡っていくような気持ちになるんです」

あくまでもそんな気持ちになるのであって、どんな飲み方をしても効能に変わりはありませんけれど、と天草は微笑んだ。

「でも、どうせ飲むなら、気持ちよく飲んだ方がいいと思うんです。まずい薬だと思って飲むより、美味しいお茶だと思って飲む方が体も喜ぶと思います」

なるほど。それはたしかにいいかもしれない。

「わかりました。試してみます。でも、お茶って、紅茶も緑茶もウーロン茶も全部同じ葉っぱを使うそうですね。この前、それを聞いてびっくりしました。それぞれ違う種類の葉っぱだと思っていたので」

ふと思い出したことを口にした。すると天草の目がまるくなった。

「嘘！　紅茶の木や、緑茶の木、ウーロン茶の木があるんじゃないんですか？」

「それが違うんですよ。私も聞いてびっくりしました。同じチャの木の葉なのに、熟成の仕方でお茶の種類が変わるそうです」

「へー、知らなかった。面白い話ですねぇ」

そう言ってから、はっと気がついたように天草は顔を引き締めた。

「申し訳ありません。お客様の前で――」

「いいんですよ。気にしないでください」

友梨亜は言ったが、天草の顔は真っ赤になっている。そこに宇月が戻って来た。

「すみません。私はこれで」

逃げるように行ってしまった。

宇月は調剤薬局と同じ袋に入った薬をカウンターに置いて、飲む際の注意を口にした。

「食欲不振や皮膚のかゆみ、発疹などの症状が出た時は服用を中止してください。漢方薬には複数の生薬が調合されています。二つに重複している生薬はありませんが、白虎加人参湯に配合されている甘草は、摂りすぎると副作用を起こすことがあります。これを飲んでいる間は他の漢方薬はもちろん、一般薬やサプリメントなどの摂取もなるべく控えるようにしてください」

「わかりました。親切にしていただきありがとうございます」

スケジュールを確認してから、十三日後、翌々週の金曜日に二度目の予約を入れた。最後に会計を済ませて、友梨亜は薬局を出た。

4

三日後、友梨亜は三軒茶屋のカフェにいた。

麗との待ち合わせのためだ。麗は同じアイドルグループに属していた友人で、芸能界に未練がないらしく、解散後はフリーターをしている。実家が大きな花屋をやっていて、一人娘の麗は将来そこを継ぐことになっていたのも、興味半分でオーディションを受けたら合格したからだと言っていた。お小遣いもふんだんにもらっているようで、地方から東京に来て、慎ましい生活を送っている友梨亜とは生活スタイルもまるで違う。

それでもどこか気の合うところがあって、解散後もこうして暇を見つけては二人で会っていた。

「ユリアちゃん、久しぶり。コロナに感染したって聞いたけど、もう治ったの？」

待ち合わせの時間に二十分遅れて麗はやって来た。髪はぼさぼさで、服は適当、いかにも起き抜けでやって来たという格好だ。

「それが聞いてよ。その時はなんともなかったのに、今になって匂いと味がわからなくなっちゃってさ」

「ええっ、ヤバいじゃん。コロナの後遺症ってやつ？」

水を持ってきたウェイトレスに、麗は抹茶フロートを注文した。

「たぶんね。病院に行っても治療法がないって言われちゃって、それで仕方なく漢方薬を飲んでいる」

「でもこの前、テレビで食リポしているのを見たよ。麻布十番の薬膳カフェ。あれは前に録ったヤツ？」

「中継だよ。ばっちりコロナにかかった後。それまでは全然平気だったのに、あの時から急に味も匂いも感じなくなったんだよ」

「でも、ちゃんと食リポしてたじゃん」

「勘だよ、勘。たぶんこんな味だろうと思って、必死でコメントを考えた」

「そうだったんだ。全然わからなかったよ。ユリアちゃん、女優の才能もあるんじゃない？」

「そう思ってくれるならよかったよ。マネージャーにも言われたけど、自分でも嘘くさいコメントだったかなって反省している」

「そんなことない。ちゃんとしていたよ。今も匂いも味もわからないわけ？　それにしてはカフェラテなんて頼んでるじゃん」

麗はテーブルに置かれたカップを指さした。

「これはＳＮＳの投稿用。ただのコーヒーや水じゃ格好がつかないし」

頼んだだけで、口はつけていない。味のしない熱い液体を飲むのが嫌なのだ。

「ご飯はどうしているの？　前は結構自炊とかしてたけど」

「味がしないと作る気になれなくて、コンビニのおにぎりとか食パンを食べている。仕事の時は仕方なくまわりと同じ物を食べているけど、半分以上残しているよ」

「えー、可哀想。でも、もしかしてそれで痩せたんじゃない？」

「一週間で三キロ痩せた。でも栄養不足なのか、肌が荒れて困ってる。あと漢方薬の煎じ薬を朝晩二回飲んでいる」

「ユリアちゃんが煎じ薬って、なんだか笑える。そういえば田舎のおばあちゃんが飲んでたなあ。薬草の匂いが嫌で、煮出している間は台所に近づかないようにしていたよ」

「だから味も匂いもわからないんだって。薬局のお姉さんに言われて、薬じゃなくて、美味しいお茶だと思いながら飲んでいる。正直言って、薬でもお茶でも変わりないけどね」

「じゃあ、辛い物も平気なんじゃない。激辛料理を食べる企画、よくテレビでやっているじゃない。あれに出れば友梨亜ちゃん、楽勝でクリアできるんじゃないの？」

　運ばれてきた抹茶フロートのアイスクリーム部分に、スプーンをすくいながら麗が言った。

「それは私も考えた。でも試しに激辛スナックを食べたらダメだったよ。辛味はしっかり感じるみたい。調べてみたら、辛味は味覚じゃないらしい。それを痛みとして体は感じるってことらしいんだ」

「……ふーん。そうなんだ」

面白いネタだと思ったけれど、麗はまるで反応しなかった。平気でアイスクリームを食べている。あの薬局のお姉さんならもっと驚いてくれただろうな、と友梨亜は考える。

「そうだ。私、面白い物を持っている」

麗は何かを思い出したように、アイスクリームのスプーンを置いて、自分のバッグに手を突っ込んだ。

「ねえ、これ、知っている？」

取り出したのは外国製らしいお菓子の袋だった。

「サルミアッキっていう飴。世界一まずい飴って言われているんだよ」

輸入食料品を扱う店で売られていたのを試しに買ってみたそうだ。

「口に入れたら本当にまずかった。ゴムみたいな臭いがして、味は塩辛いだけ。家族にあげても、すぐに吐き出しちゃうんだけど、ユリアちゃんなら食べられるんじゃない？」

たくさんあるから食べてみなよ、と袋を友梨亜に差し出した。

「私を実験台にする気なの？」

「そうそう。面白そうじゃない」

「まあ、いいけど」

袋には、小指の爪くらいの大きさの真っ黒な飴が入っている。形はひし形で、何かの部品のようだった。

「これって、本当に食べ物なの？」

形と色からはお菓子というイメージが湧きにくい。やっぱり日本のお菓子は洗練されているな、と関係のないことを考えた。臭いを嗅いだがもちろん何も感じない。

そっと口に入れてみる。これまでにも色々な飴やガム、スナック菓子を片っ端から試していたが、すべて何も感じなかった。これもどうせダメだろうと思ったが、しばらく口の中で転がしていると、かすかな塩味が舌を刺激した。

あれっ、これって……。

しばらくそうしていると、ほのかな塩味を舌に感じた。久しぶりに感じた食べ物の味だ。

「……美味しい」

声が出た。正確にはかすかな塩味がしただけだが、美味しいという以外に表現のしようがない。

「本当に美味しいの？」麗が驚いた顔をする。

「美味しいよ」

「私はすぐに吐き出したけどね。甘みがまったくないし、塩辛いだけじゃない」

「でも、そういうお菓子もあるじゃない。塩昆布とか」

「ああ、なるほどね。そうきたか」

塩昆布という例えがツボだったらしく、「なるほど、なるほど、その発想はなかったよ」と麗は感じ入ったように何度も首をふっている。

「脳がバグって、そう感じているだけかもしれないけどね」友梨亜は肩をすくめて、

「これって、どこで売っているの？」と麗に訊いた。

「私が買ったのは輸入食料品を扱う店だけど、ネットでも売っているよ。気に入ったのならこれをあげるよ」

麗はバッグからさらに未開封の袋を二つ取り出した。

「えっ、いいの？」

「三袋千円で売っていたんだけど、誰も食べないから全部あげる」

「ありがとう」

友梨亜は小さくなった飴を噛み砕くと、新しい一粒を口に入れた。塩味が口の中に

じんわりと広がった。今度はかすかな甘みも感じる。たしかに美味しいと言えるような味ではないが、味を感じたこと自体が嬉しかった。

嬉しさのあまり、じわりと涙が滲むのが自分でもわかった。

「ユリアちゃん、さすがに泣くのは大袈裟だと思うけど」麗がおかしそうに言う。

「そうだけど、でも嬉しいんだよ。色んな食べ物を試してみたけど、ほとんどの物がダメだった。でもこれは違うの。塩辛さと甘味が絶妙のコンビネーションを出している」

味って、本当に大切なものだったんだ。

食リポの仕事をしていたけれど、これまでそこについて考えたことはなかった。どういう風に表現すれば、テレビを見ている人に美味しさを伝えられるかと悩んだことはあった。しかし、それも美味しさを感じることが当たり前という前提があってのことだ。でも前提がなくなれば、すべてがなくなる。当たり前だと思っていたことが、実はすごく大事なことなのだ。

あれ、でも、これってもしかして。

後遺症が治って、味覚と嗅覚が戻ったのかな。もしかして漢方薬のお陰だろうか。

友梨亜は期待を込めて、冷めたカフェオレを一口飲んだ。しかし何も感じない。治ってはいないのだ。ということはこの飴が特別だということか。どんな成分が入っているのだろうか、と袋を裏返す。しかし文字が小さいうえに滲んでいて読み取れない。

「サルミアッキって、リコリス菓子の一種らしいよ」

麗がスマートフォンで調べてくれた。アメリカやヨーロッパでは一般的なお菓子であるリコリス菓子に、塩化アンモニウムを添加したものがサルミアッキということだった。

「フィンランドとかの北欧の国で食べられているらしいね」

「リコリスって何だろう」

「それは知ってる。ヒガンバナだよ。リコリス菓子はそれから作られたお菓子なんじゃないかな」

麗は花屋の娘なので、園芸用の植物についてはくわしかった。

「でもヒガンバナって毒があるんじゃなかったっけ？」

ヒガンバナは田圃の畔や墓地などによく植えられる。含まれた毒がネズミや虫などを寄せつけないためだ、という話を聞いたことがある。

「毒はあるよ。でも球根にはデンプンがあるから、毒抜きして食べることがあるんだよ」

水にさらして毒を抜き、それを餅にして食べることがあるそうだ。子供の頃、おばあちゃんの家で食べたことがある、と麗は言った。

「じゃあ、それが原料のお菓子なの？」

「よくわからないけど、そうなんじゃないの」

麗はこの話に飽きたのか、それ以上はスマートフォンで調べようとしなかった。友梨亜は自分のスマートフォンを取り上げたが、電池の残量が少なかったので、同じく調べるのはやめておいた。

「まずいけど食べるってことは、日本でいうクサヤとか納豆みたいなものなのかな」

「たぶんね。あっ、そういえば」

麗は何かを思いついたように手を打った。

「これが美味しいなら、あの臭い魚の缶詰もいけるんじゃない？」

なんだっけ、あれ、ほら、あのすごく臭いやつ、と言われて、友梨亜はぴんときた。

「シュールストレミングのこと？　そういえばあれも北欧製だったよね」

シュールストレミングはスウェーデンで作られる発酵させた塩漬けニシンの缶詰で、世界一臭い食べ物として有名だ。缶を開けただけで強烈な臭いが広がるので、開缶にも注意が必要だと言われている。アイドルグループで活動していた頃、ゲームに負けたメンバーがその缶を開けるというイベントをしたことがあった。麗はそれを思い出したのだろう。

「サルミアッキとシュールストレミングを完食する企画をやりたいって、プロデューサーの人に言ったらどう？　飲み物は苦いせんぶり茶にして」

絶対いいよ、面白いからやりなよ、と麗はけしかける。

「それは無理。味も匂いも感じないことは誰にも言ってないし」

「ええ、どうしてよ」

「言ったら、さすがに食リポの仕事はお休みになるよ。それで二度と仕事はまわってこない」

「でも友梨亜ちゃんの食リポって、人気あるんでしょう。そんな簡単になくならないと思うけど」

「甘いよ。麗ちゃん。私みたいなポジションのタレントは掃いて捨てるほどいるんだよ。ちょっと気を抜けば、すぐに誰かにポジションを取られるよ」

過去に同じアイドルグループのメンバーが、ファンと交際していることを週刊誌に書かれて、脱退に追い込まれたことがある。その時、何があってもまわりに弱みを見せないように心に決めた。アイドルグループでブレイクするという夢が破れた友梨亜に、二度目の失敗は許されない。メンバーの交際を週刊誌にリークしたのが別のメンバーだったと知ってからは、業界内で親しい友人を作ろうという気も起きなくなった。

「あれ、でも、明日は水曜日じゃない。また食リポがあるんじゃないの？」麗が思い出したように言った。

「明日はお休み。何かの事件の裁判の判決が出るので、その中継が入ることになったから」

「よかった。来週までに治るといいね。というか、頑張って治してね」

麗の言葉が心に染みた。頑張って治せるものではないけれど。

「そんなこと言ってくれるのは麗ちゃんだけだよ。ありがとう」

友梨亜がしみじみ言うと、

「芸能界で生き残るのも大変だねえ。ユリアちゃん、真面目だから、身体を壊さないように気をつけてね」と麗が笑った。

同じアイドルグループで切磋琢磨した麗が、まるで他人事みたいに言うことがおかしかった。しかし、すぐに寂しさが追いかけてきた。芸能界に悩み事を相談できる友達はもういない。

「うん。頑張る。麗ちゃんも花屋修業を頑張ってね」

鼻の奥につんとしたものを感じながら、友梨亜は頑張って微笑んだ。

翌日、駅で電車を待っているとてんぐさ堂から電話があった。

「その後いかがでしょうか。体にお変わりはないですか」

天草からの二度目の電話だ。最初は薬をもらった翌日にあった。今日は薬をもらって五日目だ。

「お腹がゆるくなったり、めまいがしたりすることはありませんか」

「ないです。いい方も悪い方も特に変化はありません」

瞑眩や副作用はないことを伝えたつもりだったが、それを不満と受け取ったのか、

「漢方薬は長く飲んで効果が出るお薬なんです。長い目で見て、続けていただけるとありがたいです」と天草は済まなそうな声で言った。

「あっ、大丈夫です。不満を言ったわけではありません」

もうすぐ電車がホームに着くというアナウンスがあった。電話を切ろうかと思ったが、このタイミングでそれを言うと、天草の電話を嫌がっているように思われるかもしれない。

友梨亜は急いで言うべきことを探した。

「……味のわかるものがありました。サルミアッキっていうお菓子です。世界一まずいお菓子らしいんですが、なぜかそれだけ味がするんです。友達からもらってわかりました。昨日は夕食代わりに一袋まるまる食べちゃいました。治るまでは漢方薬を飲みながら、しばらくこれで頑張ろうと思います」

電車がホームに入ってきて、最後は早口になった。

「ごめんなさい。電車が来るので切ります。来週の金曜日にまた行きますから」

天草の返事を待つことなく電話を切った。

電車に乗り込む間際、鞄に手をいれてサルミアッキの入った袋の中から一粒黒い塊を取り出して口の中に放り込む。塩味と甘味が口の中に広がった。

あれ以来、新型コロナウイルスの後遺症の味覚障害や嗅覚障害に悩んでいる人のSNSを見てまわっている。一口に味覚障害や嗅覚障害と言っても症状は人それぞれだ。

冷えた白米だけ味がするという人もいれば、カレーやコーヒーの匂いだけはわかるという人もいる。水道水が苦くて飲めないという人や、あらゆる肉や魚に臭みを感じて吐き気を催す人、甘味は感じるのに旨味(うまみ)や塩味は感じない人と、それぞれの症状に傾向や共通点はあまりないようだ。自分がたまたまその味を感じるということで、サルミアッキが特別な食品ということではないのだろう。

日常生活に支障が出るほどの倦怠感や、集中力の低下に悩んでいる人もいる中で、こうして仕事ができる自分は幸福なのだと気持ちを切り替える。

電車に揺られながら、来週の食リポのことを考える。それまでに味と匂いが感じられるようになるだろうか。なんとか治ってほしかった。そうでないとまた嘘の食リポをすることになってしまう。神様お願いします。私の舌と鼻をもとに戻してください。

友梨亜は心の中でそっと祈った。

5

「天草さん、このタレントさんってウチのお客さんじゃないですか」

城石がテレビの画面を指さした。てんぐさ堂のバックヤードにある休憩室で昼食を取っている時だ。休憩室はテーブルが一つと椅子が三つあるだけの空間だ。圧迫感があるため、壁に液晶テレビを取りつけてある。そのテレビにお客さんが映っているというのだ。

奈津美はテレビに視線を向けた。大久保友梨亜が映っていた。辛そうな韓国料理を前にして、笑顔で何かを喋っている。

「へえ、大久保さんって芸能人だったんだ。この番組に出ているの？」

ヒルワイドという番組の〈ユリアの食べ歩き〉というコーナーだった。

「ユリアって芸名で、食リポのコーナーをやっていますよ」

「食リポって、大久保さん、味と匂いがわからないってことだったけど」

奈津美はそう呟いてから、あっと言って手を打った。

「過去に収録したものなのね」

「生放送ですよ。毎週水曜日のこの時間にやっています」

城石が言った。彼が昼休みを取る時間と重なるため、食事を取りながら、いつも見ているそうだった。今日も彼の手元には弁当がある。栄養のバランスと彩りを考えて、毎朝自分で作っているのだ。奈津美からすれば信じられないことだった。どうせ食べたら同じなのだ。栄養バランスを第一に考えるなら、サプリメントを摂るのが最も合理的だと奈津美は考えている。

「城石くん、こういう番組をよく見るの？」

「この時間、テレビをつけるとやっているんです。ヒルワイドって、ヒルドイドと語感が似ているじゃないですか。最初、健康関係の番組かと思ったんですが、見たら普通のワイドショーでした」

ヘパリン類似物質を有効成分とする保湿剤の名前をあげて城石は笑った。薬剤師同士で通じるジョークのつもりなのだろう。いや、自分は薬剤師ではないけれど。

「実は、この前、ロビーにいるのをチラッと見て、似ているなって思っていたんですよ。それでもしかしてと思っていたんですが、こうして見ると本人で間違いないですね」

来局した時はマスクとサングラスをしていたが、顔が画面にアップになると、あの時の女性だとよくわかった。激辛のチゲ鍋を一口食べて、友梨亜は辛さに可愛いらしい顔を歪めている。

「これは演技なのかしら」

仕事に影響が出るというのはこのことだったのかと思いながら奈津美は呟いた。

城石がすかさず言った。

「辛さは、舌の表面にある味蕾ではなく、舌の奥深くにある三叉神経で感じるそうですよ。だから味覚障害になっても辛さは感じると思います。もちろん個人差はあるでしょうけれど」

脳は辛味を痛みとして認識する。辛味を感じるセンサーは熱さを感じるセンサーと同じで、だから辛い物を食べた時に冷たい物を飲むのは理に適った方法なんです、と城石は続けた。

「辛さの原因物質であるカプサイシンは脂溶性なので、水を飲んでも完全に取り去ることはできません。そういう意味では、辛いカレーに冷たいラッシーを合わせるインド料理は理に適った食事というわけです」

城石は美容と健康に強い関心を抱いている。その両方を維持するには、食事に関する正しい知識が必要だということで、料理に関してもよく勉強していた。

「中医学や漢方医学には、医食同源や薬膳という考え方があるんだから、天草さんも興味をもってくださいよ」

城石は、奈津美が口にしているブロックタイプの栄養補助食品に目をやった。

「……まあ、おいおいとね」

奈津美だって食事に興味がないわけではない。ただ現状ではやることが多すぎて、それに時間をかけている余裕がないのだ。よって栄養バランスを健康食品とサプリメントで整えて、心の健康を嗜好品のチョコレートで保つ日々を送っている。

「大久保さんは毎週これに出ているの？」

話題を変えるべく、奈津美は再びテレビ画面に目をやった。ひとつ年下の城石には、つい気安い言葉が口をつく。

「僕が見る時は出ていますね。あっ、でも先週はお休みだったかな。その前はたしか薬膳カフェでパウンドケーキを食べていたと思います」

薬膳カフェでパウンドケーキ。

その時に匂いと味を感じないことに気づき、それでウチに来たということか。どこか切羽詰まった様子だったのも、仕事に支障が出ると言っていたのも、そういう理由があってのことだったのかと納得した。

「なんだか可哀想ね。こんなに汗をかきながら食べなきゃいけないなんて」

友梨亜は顔を真っ赤にして、滝のような汗を額やこめかみから流しながら、スプーンですくったチゲを口に運んでいる。スタジオにいるＭＣからも、おいおい、汗かきすぎだろう、とさかんにいじられていた。

「彼女、もとはアイドルグループにいたんですよ。でもグループ自体が鳴かず飛ばずで解散して、その後にたまたま出たバラエティー番組で、料理を食べる時の表情とコメントを買われて、このコーナーを任されたみたいです。だから彼女にすれば、ここは見せ場ってところじゃないですか」

何気ない奈津美の言葉に、城石はスラスラと答える。そうだった、城石にはアイドル好きという側面もあったのだ。もっとも、その好きはメイクやファッションのチェックに向けられているのだが。

「彼女、アイドルよりもバラエティー・タレントに向いているんじゃないですかね。歌やダンスは並ですが、独特な存在感があって、コメント力もなかなかのものですよ」

城石はアイドル評論家のようなコメントを口にして、「じゃあ、時間なので行きますね」と空になった弁当箱をしまって立ち上がった。

「私も行くわ」

奈津美はテレビを消して、栄養補助食品の空き箱をくず入れに捨てた。

「またお昼ご飯はそれだけですか。漢方薬局の経営者がそれでは、さすがに外聞が悪いと思いますけれど」城石が呆れたように言う。

「それは大丈夫。あなたが黙っていれば、誰にもわからないことだから」

奈津美は笑いながら立ち上がった。

その翌朝のことだった。

開局前にタブレットの電源を入れて、予約のキャンセル通知が届いているのに気がついた。

名前を見て、あれっと思った。

大久保友梨亜からだった。キャンセルの理由は空白になっている。

——どうして？

奈津美はショックを受けた。初回に薬をもらった後で、二度目の予約をキャンセルする客は多かった。漢方薬に興味をもって訪れたものの、湯剤を煎じる手間や、匂いと味、金銭的な負担、そして即効性のなさに長期の服用をあきらめて、そのままフェードアウトするからだ。

煎じる手間についてはエキス剤で代用できるが、金銭面と即効性は如何ともしがたい。

実際、漢方薬は富裕層のための薬だったという歴史がある。原料である生薬を中国から輸入しているのだから当然だ。江戸時代のことを書いた小説や漫画には、薬代を捻出するために浪人が刀を質に入れたり、若い娘が身売りをするような場面が出てくるが、実際に財力のない一般庶民は病気になっても、民間療法や民間薬に頼るしかなかったようだ。

西洋医学が普及して、誰でも高水準の医療を受けられるようになったのは、それよりもずっと後のことなのだ。その西洋医学も万能ではないとわかって、漢方医学は復権を果たしたわけだが、現代において漢方医学は二極化の方向に向かっている、と奈津美は思っていた。

ひとつは富裕層のための医薬品だ。健康保険を使って現代医学の恩恵を受けながら、足りない部分を自費の漢方薬で補塡（ほてん）する。実際、高級ホテルや有名デパートに入っている漢方薬局には、それなりの客が訪れて賑（にぎ）わっているという話を聞いている。

その対極に一般薬として扱われる漢方薬がある。風邪の引きはじめに葛根湯、筋肉のこわばりに芍薬甘草湯という風に、主に頓服として使われる。ドラッグストアの棚にずらりと並んだ漢方薬の箱を見れば、それが世間に認知されて、広く使用されている現状が窺（うかが）える。

奈津美にとって頭が痛いのは、その両方において町の漢方薬局の出る幕はないということだ。手間暇がかかり、健康保険も効かない高価な煎じ薬を、長期間服用する客は多くない。

奈津美はその現状を何とかしたかった。

もっと色々な人、特に若い人に漢方薬のことを知ってほしかった。店内を今風のお洒落な雰囲気に変えたのもそのためだ。ドラッグストアで漢方薬が気軽に手に入ること自体は悪くない。しかしネットなどで聞き齧った知識だけで漢方薬を飲むことには危険が伴う。

防風通聖散がダイエットに効くという話題を見るたび、奈津美は複雑な気持ちになった。漢方薬とはそういうものではない。確かな知識がないまま、身勝手な使い方をしていれば、必ずしっぺ返しがくるものなのだ。

正しい知識を、もっと若い人に持ってもらいたいと思って頑張って来た。

だからこういう風にキャンセルされると心に堪える。

昨日、テレビで見た友梨亜の姿を思い出す。汗を流しながらチゲ鍋を必死に食べていた。辛味がどうとか城石は言っていたが、それはたぶん違っていたのではないかと考えた。

おそらく友梨亜の味覚障害と嗅覚障害は治ったのだ。治ったから漢方薬はもう必要がなくなった。症状がなくなれば、ここに来る必要もないわけだ。よくなりました、ありがとうございました、と一言あってもよさそうだという気持ちが起きるが、感謝を強要するのは筋違いだと考え直して、奈津美はそっとため息をついた。

それでも念のために電話をした。留守番電話になったので、『ご予約がキャンセルになっていたのでお電話しました。よろしければ今の状態を教えてください』とメッセージを入れておく。

しかし夜になって薬局を閉める時間になっても、友梨亜から連絡はなかった。

仕方ないな、と諦めつつも、胸にもやもやしたものがあって気持ちが収まらない。城石はすでに仕事をあがっていたので、残っていた宇月にそれを打ち明けた。

「大久保友梨亜さんっていうお客さんを覚えていますか」

「味と匂いを感じなくなった若い女性の方ですよね。明日来局の予定だったと思いますが」

「キャンセルになりました」

そして、ここまでの事情をすべて話した。来局の翌日と五日目に電話をかけたことや、昨日テレビの中継に出ていたこと。それに城石から聞いた話の内容を加えて、最後に今日の朝キャンセルを受けて、電話をかけたが留守番電話に回されてしまったことを説明した。

「テレビの中継で、汗を流しながら激辛料理を食べていました。辛味は味覚とは違うと城石さんは言っていましたが、たぶん味覚障害と嗅覚障害は治ったんじゃないでしょうか」

「その可能性もありますが、仕事が忙しくて電話できないということもありますね。あるいは体調不良で起きられないとか」宇月は冷静に言った。

「仕事はわかりませんが、体調不良はないと思います。昨日の昼間はテレビに出ていて、すごく元気そうでした」

「異常はなかったということですか」

「そうですね。激辛料理を食べたせいで、すごく汗をかいていましたが……」

そこで、ふと思った。あの汗……料理のせいかと思っていたが、そうではない可能性もあるわけか。

「彼女に出した薬は何でしたっけ？」奈津美は訊いた。

「当帰芍薬散と白虎加人参湯です。それぞれ重複する生薬はないですし、誤治の可能性も低いと思います」

誤治とは患者の体質や状態を見誤って、合わない薬を出してしまうことだ。今回はカウンセリングの時間が短くて、きちんとした証の判断がつかなかった。急激に体調が悪化する可能性は低いが、絶対にないとは言いきれない。

「服用後、本人に体調の確認をしたんですよね」

宇月に質問されて、奈津美は強く頷いた。

「もちろんしました。翌日の日曜日と、その三日後の水曜日に」

手順の通りに煮出して、朝晩二回飲んでいると言っていた。

「他の薬やサプリメントも煎じ薬を飲み始めてからは摂ってないですよね」

「そのはずですが、でも……」

話をしていて、ふと思い出した。

「何とかっていう名前の飴を食べていると言ってました。唯一味がわかる食べ物で、だからつい食べ過ぎてしまうとも……」

「どんな飴か訊きましたか？」

「それが早口で言われたので、よく聞き取れなかったんです。急いでいたみたいで、訊き返す暇もなくて……」

記憶を探って、名前を思い出す。

「たしか……サルミノとかって言っていたような」

「サルミノですか。聞いたことがないですね」宇月は不思議そうな顔をする。

「まずい飴とも言っていました」

「まずい飴……それならサルミアッキじゃないですか。世界一まずい飴ということで、一時ネットで話題になりました」

「サルミアッキ……そうだったかも」奈津美は自信なげに頷いた。

「あれはリコリス菓子だったかな。だとしたら、ちょっと問題がありますね」

宇月の表情が強張った。スマートフォンを取り出し、何かを急いで検索しはじめた。

「何か問題があるんですか」

リコリス菓子が何かを奈津美は知らなかった。

「大ありです」

宇月は検索した記事を奈津美に見せた。読んだ瞬間、体中から血の気が引いた。

「もう一度電話をしてみます」

奈津美はスマートフォンから電話をしたが、友梨亜は応答しなかった。何度か試したが結果は同じだった。留守番電話のメッセージが流れるだけだった。

「どうしよう」

奈津美は焦った。頭が混乱して考えがまとまらない。こんな風になるのは母親が倒れて以来のことだった。

「行った方がいいです。住所はわかりますよね」

宇月の言葉に背中を押されるように、奈津美はタブレットで友梨亜の顧客情報を呼び出した。住所は世田谷区の南烏山になっている。メモに書き留める。最悪のことを考えて足が震えた。漢方薬が直接の原因ではないが、奈津美は電話で友梨亜の話を聞いていた。漢方薬局の責任者として、もっと早くその可能性に気がつくべきだったのだ。

もし彼女に何かあったら、自分はこの仕事を続けられない。

そんな気持ちが胸の中に津波のように押し寄せる。

「行きましょう」

宇月に言われて、奈津美は、はっとした。

「一緒に来てくれるんですか」

「もちろんです。こういう時、人は多い方がいいですからね」

「でも、ここは」

薬局内を見まわした。

「片付けは後にして、とりあえず鍵をかけておけばいいですよ。さあ、早く」

てきぱきと行動する宇月に頼もしさを感じながら、奈津美は受話器を取り上げてタクシーを呼んだ。

6

『スタジオのみなさん、こんにちは。私は神楽坂(かぐらざか)の甘味処・狸日和(たぬきびより)に来ています。今日はここで抹茶パフェをいただきます。見てください！ このパフェの美しさ！ 抹茶の緑と生クリームの白、イチゴとサクランボのムースの紅色が、見事なトリコロールを作り上げています。さらに嬉しいのが、コーンフレークの代わりにオートミールを使っていることです。カロリー抑えめで、食物繊維が多め。ダイエット中の方はもちろん、カロリーの摂りすぎが気になる方も、後ろめたさを感じることなく美味しく召し上がれる仕様になっています』

では、さっそくいただいてみたいと思います、とスプーンを取り上げる。

『んー、甘くて、冷たくて、最高に美味しいです。生クリームの甘味が口の中にぱぁっと広がって、その後でイチゴとサクランボのムースの酸味が甘味を際立たせて、最後に抹茶のほろ苦さが全体を引き締める。一口食べて、すぐに次の一口を食べたくなる最高の一品がここにあります！』

水曜日の午後一時半。ヒルワイドのコーナーで友梨亜は元気な姿を見せていた。

味覚障害と嗅覚障害も改善してきたようで、甘味と酸味、苦味はわかるようになったと言っていた。しかしいまだ旨味が戻らなくて、だから和食の味がぼんやりしているとのことだった。

自宅で倒れているところを、奈津美たちに発見されて救急搬送された後、友梨亜はすべてをマネージャーに打ち明けた。番組プロデューサーと相談して、しばらくコーナーを休止することになったが、その後に味も匂いもわかるようになってきて、結局一週休んだだけで番組に復帰する運びとなったのだ。

あの日、奈津美と宇月はタクシーで友梨亜の家に向かった。

彼女は女性限定の賃貸マンションに住んでいた。エントランスはオートロックになっていたが、友梨亜の部屋のインターホンを呼んでも応答はない。どうしようかと宇月と相談していると、仕事を終えた風の若い女性が帰って来たので、事情を説明して一緒にエントランスに入った。偶然にも、その女性は友梨亜の隣の部屋の住人だった。顔見知りということだったので、お願いして部屋のインターホンを押してもらった。

そこでも応答はなかったが、ドアノブを握ると鍵があいていた。隣室の女性によると、エントランスがオートロックなので、ついかけ忘れることがあるらしい。

ドアをあけて声をかけたが返事はない。そこで奈津美は友梨亜の携帯電話に電話をかけた。すると部屋の中で鳴っている。それで奈津美と隣室の女性が部屋に入った。友梨亜はベッドで横になっていたが、声をかけても返事がない。呼吸が浅く、顔が蒼(あお)くなっている。

傍(かたわ)らにリコリス菓子の空き袋がいくつもあるのを確認すると、奈津美はすぐに救急車を呼んだ。やって来た救急隊員に、グリチルリチン酸の過剰摂取を起こし、偽アルドステロン症を起こしている可能性があることを説明した。

偽アルドステロン症とは、血中のアルドステロンの値が高くないにもかかわらず、過剰に分泌された時と似た症状を示すものだ。血圧上昇、全身倦怠、筋力低下、浮腫(むくみ)などを起こし、重篤な状態に陥ることもある。

それは甘草の摂りすぎによって引き起こされる症状で、漢方薬に関わる者であれば、誰でも知っていることだった。

甘草は、漢方薬では比較的ポピュラーな生薬だ。胃腸機能を整え、緊張緩和と鎮痛、炎症を抑える効果がある。

ただし含まれているグリチルリチン酸は、体内でグリチルレチン酸に変化する。グリチルレチン酸が体内で増えると、偽アルドステロン症と呼ばれる症状を引き起こす。

宇月は、当帰芍薬散と白虎加人参湯を友梨亜に出した。そのうちの白虎加人参湯にのみ、甘草は配合されている。それだけなら問題はなかったが、甘草は漢方薬だけに配合されているわけではない。甘味成分のグリチルリチン酸は、欧米では多くの菓子や飲料に使われていて、リコリス菓子はその代表格なのだ。

サルミアッキを毎日大量に食べ続けた結果として、友梨亜は意識障害を起こした。

味覚や嗅覚が戻ってきたにもかかわらず、友梨亜はサルミアッキを毎日二袋から三袋食べていたそうだ。一般にはまずいと言われているサルミアッキだが、友梨亜は毎日食べているうちに習慣になったらしかった。二、三日前から体調不良を感じていたが、まさかサルミアッキが原因だとは思わない。テレビの仕事を終えて帰宅した後、さらに気分が悪くなってきた。幸いにも翌日と翌々日はオフだった。朝起きても気分の悪さは治っていないので、そのまま寝ていようと思い、とりあえずてんぐさ堂の予約をキャンセルしたそうだ。

幸い発見が早かったため、重篤な状態に陥ることはなかった。三日入院して、退院後は念のために漢方薬の服用も中止して、サルミアッキを食べるのもやめた。

その甲斐あって、いまは見違えるほどに元気になっている。

「よかったですね」

テレビを見ながら宇月が言った。

あの日、奈津美は救急車に同乗して病院まで付き添った。宇月はそのままてんぐさ堂に戻って、薬局を閉める作業を行ってくれていた。

「僕が行っても、特にすることはなかったですね」

宇月はそう言って笑ったが、もちろんそんなことはない。友梨亜のマンションに向かうタクシーに同乗してくれたことが、奈津美には何よりもありがたかった。

あの時、奈津美は強いショックを受けて打ちひしがれていた。友梨亜と電話で話をして、サルミアッキをたくさん食べていることを聞いていた。それでいながら漫然と聞き流した自分が許せなかった。

サルミアッキと聞いて、それがリコリス菓子だと宇月はすぐに気がついた。それで過去に見たというネット記事を検索して、奈津美に見せてくれたのだ。

そこにはリコリス菓子を食べ過ぎたアメリカ人男性が、低カリウム血症から不整脈を引き起こして亡くなったという記事が載っていた。欧米では菓子や飲料、ハーブティーなどに甘草が使われるため、時折そういう事故が起きるらしいのだ。

それを知って、奈津美は言葉を失った。

漢方薬局の責任者である自分が、そんなことも知らなかったなんて、と忸怩たる思いに囚われた。

「リコリス菓子は日本では一般的ではないですから、知らなくても仕方がないですよ」

後で宇月は慰めてくれたが、それでも奈津美の気は晴れなかった。たしかに知らなかったことは仕方ない。しかしあの時、もっときちんと友梨亜の話を聞いていれば、その飴がどういうものか調べることはできたのだ。それをしていれば、事前に忠告できたし、友梨亜が救急搬送されることもなかった。

それを考えると、奈津美はひどく落ち込んだ。それをしなかったことが——それができなかったことがとてつもなく悔しかった。お客様の健康を預かる仕事をする者として、自分は失格だと強く思った。だから入院中の友梨亜をあらためて訪ねて謝罪した。

今回の入院はてんぐさ堂の責任です、ついては治療費をすべて持ちたいと思います、と病院の面会室で申し出た。

しかし友梨亜はひどく驚いた顔をして、

「関係ないですよ。調子に乗って食べ過ぎた自分が悪いんです。私が倒れたのは天草さんの責任じゃありません」と申し訳なさげに言った。

「電話で話を聞いた時、その飴がどういうものか、すぐに調べるべきだったんです。

そうすれば甘草の過剰摂取の可能性に気がついたはずで、それをしていれば大久保さんがこうして入院する必要もありませんでした」と奈津美は言った。

「私は自分の意思であの飴を食べて、それでこういう結果になったんです。天草さんに責任はありません。いえ、逆に天草さんにお礼を言いたいです。心配して、わざわざ家まで来ていただいてありがとうございます。あのまま誰にも気づかれなかったら、本当に死んでいたかもしれません。それについては本当に感謝しています。あの電話の内容から、そこまで考えるなんて、さすが薬剤師さんだと感心しました。本当にありがとうございます」

そう言われて、さらに心が苦しくなった。

「それに気がついたのは宇月です。私は気づけなかったし、薬剤師でもありません。薬科大学を出たのに、三年続けて国家試験に落ちた身です」

言わなくてもいい言葉が口をついた。

それで友梨亜も、あっと口を押さえた。奈津美が薬剤師ではないことを思い出したのだろう。

「ごめんなさい。私、そんなつもりじゃなかったんですが」

友梨亜に余計な気を使わせたことが、さらに奈津美を落ち込ませた。

「いいんです。謝罪に来たのに、こんなことを言ってすみません。私って本当に何をやってもダメなんです。薬剤師にもなれなくて、父の後を継いで漢方薬局の責任者になっても、こんなざまで、本当に自分で自分が嫌になります」

病院の面会室で話すべき内容ではないと思いつつ、話の口火を切ると止められなくなった。

それで友梨亜にすべて話した。漢方薬局を経営する両親のもとに生まれて、薬剤師になって両親と一緒に仕事をしたいという気持ちを持ち、それを実現するために頑張ってきたのに、母が病気で亡くなったことで、父が気力を失い、薬剤師になれないままにてんぐさ堂を継いだことを――。

こんなのって、お客さんであり、かつ入院中の患者さんにする話じゃないよなと思ったが、友梨亜が真剣に話を聞いてくれていたので、途中でやめることができなくなった。

「――私、天草さんの気持ちがわかります」

奈津美の話が終わると、友梨亜は大きく頷いた。

「私もアイドルグループが解散した後、どうしていいかわからなくて、途方に暮れていた時があるんです。もうやめて故郷に帰ろうかと諦めかけていた頃、たまたま関東ローカルのテレビ番組に出演することになって、これが芸能界での最後の仕事になるから好き勝手にやってやろうと思ったら、それが何故(なぜ)かヒルワイドのプロデューサーさんの目に留まって、今の食リポの仕事をもらったんです」

友梨亜は苦しかった時代の話をした。薬剤師になれないながらも漢方薬局の責任者として必死に頑張っている奈津美の姿に、アイドルグループ解散後にテレビタレントとしての道を見出した自分の姿を重ねたようだった。

「私だって、今の姿がベストだとは思っていません。できることならアイドルの仕事をしたいです。ライブに出て、歌って、踊って、ファンの人と盛り上がりたいです。でもライブを開いても、来てくれるファンが数十人じゃ、胸を張って私はアイドルですって言えないですよ。故郷に帰ることも考えたんですが、それでも応援してくれるファンの人も少ないながらいるわけで、友梨亜ちゃんは面白いからタレントとしてやった方がいいよって言ってくれる友達――サルミアッキをくれた子です――もいるし、だから応援してくれる人がいる限り、どんな仕事でも頑張ろうって思っているんです」

目を潤ませて、友梨亜は想いを打ち明けた。

「本当にしたいことはできませんでしたけど。自分の力を発揮できる場所があるなら、そこで頑張っていこうと思ってやってきたんです。でも、少しでも気を抜けば、すぐにポジションを取られる世界だし、実際に他人の足を引っ張る人もいるんです。だから今回のことも誰にも言わないで一人で何とかしようと思ったんです」

まさかこんなことになるとは思わなかったですけれど、と友梨亜は皮肉な笑みを浮かべた。

「それについては本当にごめんなさい」

謝る奈津美を、友梨亜は慌てて止めた。

「謝らないでください。悪いのは自分ですから」

「でも私がもっとしっかりしていれば」

「天草さんはしっかりしています。私が調子に乗っただけですよ」

「私は全然しっかりしていませんよ。いつも失敗ばっかりしています」

「それを言えば私だってそうですよ。この前もＭＣの人にダメ出しされました」

「私だって同じです。お客様の前で恥ばかり掻いて――」

気がつかないうちに声が大きくなっていたのか、「あなたたち、ここは病院ですよ。もう少し静かにしてください」と巡回中の看護師に叱られた。

「すみません」と首をすくめて謝って、看護師がいなくなった後、お互いに顔を見合わせて、声をひそめて笑い合った。

「もうやめましょうか」

「そうですね。そうしましょう」

二人で一緒に頷いた。

「さっきの他人の足を引っ張る人がいるって話ですけど、どこの世界にも意地の悪い人はいるんですね。私も最初に薬剤師国家試験に落ちた時、どんな優秀な成績で大学を卒業したって、国家試験に落ちればただの人ねって、同級生に陰で嫌味を言われたことを思い出しました」

「わあ、嫌な性格の人ですね。芸能界にもそういう人はたくさんいますよ。表ではいい人ぶっていながら、裏では他人の悪口ばかり言う人が。引っ叩いてやりたいと思いましたが、手を出したら負けだと思って、じっと我慢してました」

「芸能界って、そういう人がゴロゴロいるようなイメージがありますが、やっぱり本当にそうだったんですね」と奈津美は納得したように首をふった。

「天草さんが芸能界にいたら、絶対にそういう人の標的にされますね」

「えっ、私ですか」

「さっき言ったじゃないですか。どんな優秀な成績で大学を卒業したって、国家試験に落ちればただの人ね——って、それは明らかに自慢ですよね」

「そういうつもりで言ったわけじゃないですよ」奈津美は慌てて手をふった。

「そういうつもりじゃなくても、他人はそう取るものなんですよ」

「でも、本当にそういう意味じゃないんです」奈津美は言葉に力を込めた。

「それなら教えてください。どうして国家試験に落ちたんですか。体調不良だったとか、何か理由があったんですか」

友梨亜は悪戯っぽい視線を向けてくる。そんな直接的な質問をされたのは初めてだったが、悪い気はしなかった。それで素直に返事をした。

「こう見えて、私本番に弱いんですよ。小学校の卒業式で答辞を読む役だった時は階段で転んだし、中学校の体育祭でリレーのアンカーに選ばれた時は、バトンを落としてビリになりました。薬剤師試験も同じです。準備万端のはずだったんですが、いざとなったら頭が真っ白になって……それで実力を発揮できないまま、三度続けて不合格になったということだと思います」

奈津美の話を聞いて、友梨亜がおかしそうに笑い出す。

「やっぱり自慢をしてますよ。いまはこうだけど、本当の自分はすごいんだって、そう言っているように聞こえます」

「本当にそんなつもりはないんです」

奈津美は焦って否定した。

「そんなつもりがないのが逆に怖いです。私からすれば面白いですが、嫌な女だって誤解されることも多かったんじゃないですか」

「そうかもしれないです。大学時代も友達は少なかったです」

母のこともあって、友人と遊びに行くようなことはほとんどなかった。国家試験に落ちたことに気を使わせるのが嫌で、卒業後はその少ない友人とも疎遠になった。

今は仕事が友人であり恋人だ。だから、その仕事でしくじると、自分の存在価値がなくなったようで身の置き所がなくなるのだ。そこまで考えて、はっとした。

「ごめんなさい。私、謝罪に来たのに自分の話ばかりべらべらと……」

「いいんですよ。気にしないでください」

友梨亜は人懐こそうな笑みを浮かべると、

「でも天草さんは私に悪いと思っているんですよね。それで入院費をもちたいと思っている」と改めて言った。

「はい。そうです」

「率直に言いますが、入院費についてはお断りします。体調を崩したのは自分の責任です。でも天草さんのお気持ちもわかりますので、私からひとつお願いしてもいいですか」

私と友達になってくれませんか、と友梨亜は言った。

「私も東京に友達がいないんです。天草さんとこれから色々話ができたら楽しいと思ったんですが、そういうお願いはダメですか」

「ダメなんてことはないですが」と奈津美は戸惑って、まじまじと友梨亜を見た。

「でも、私なんかと話をして面白いですか」

「面白いですよ。漢方薬にもくわしいですし。味覚障害と嗅覚障害がよくなってきたのは、やっぱり漢方薬のお陰ですよね。私も今回のことで漢方薬に興味を持ちました」

　そう思ってくれたのなら嬉しいが。

「でもやっぱり入院費もお出しします。そうしないと私の気が収まりません」

「それは友達として拒否します」友梨亜はきっぱりと言った。

「でも奈津美さんが納得できない気持ちもわかるので、代わりと言っては何ですが、今度スイーツをご馳走（ちそう）してくれませんか。前にロケで行った麻布十番の薬膳カフェですが、味がわからなかったので、あらためて味わってみたいんです」

「わかりました」奈津美は大きく頷いた。

「では快気祝いということで、一緒にそのお店に行きましょう」

「ありがとうございます。でも友達になったのに、お互い言葉遣いが固すぎますね。これからはもっと気楽に話しましょうよ」

「わかりました」

　いや、違うか。

「そうですね。いや、そうしようか」

なんだかまだぎこちない。それでお互いに目を合わせてまた笑い合った。

　そうやって二人は友達になった。

奈津美にすれば、薬剤師の国家試験に落ちた話を、家族以外の人間にするのは初めてだった。友梨亜もそれは同様だったようで、アイドルグループが解散して以後、マネージャーにも話せなかった本音を口にして、心の中がすっきりしたと笑みを浮かべた。

「薬膳カフェに行ったら、その次は私が奢（おご）るから。奈津美さんはどんな食べ物が好き？」

連絡先をあらためて交換した後、友梨亜に質問された。

奈津美は正直にチョコレートが好きだと答えた。それ以外に好きなものはない。

普段から栄養補助食品とサプリメントが主食でドライフルーツとナッツが副食、チョコレートを心の安定剤にしていると言うと、友梨亜は呆れた顔をした。

「薬膳とかに興味はないの？」

「興味がないことはないけど、毎日忙しいから」

「わかった。麻布十番の薬膳カフェの次は、食リポに行って一番美味しいと思ったスイーツを出すお店に連れて行くよ」

「わあ、ありがとう。それは楽しみ」

そういうわけでまずはパウンドケーキを食べに行く日を、奈津美は楽しみに待っている。

7

「いやあ、ユリアちゃん、美味しそうな食リポをいつもありがとう。ところで今日はあらためて話したいことがあるんだって？」

スタジオのMCに呼びかけられて、ユリアはスプーンを置いて、カメラを見つめた。

「そうなんです。実は先週、具合が悪くなって入院したんですが、危うく死にかけるところでした」

「穏やかじゃない話だな。君のことだから食べ過ぎで倒れたのと違うかい」

MCの言葉に、ユリアはにっこりと微笑んだ。

「あたらずといえども遠からずです。実はサルミアッキの食べ過ぎで救急搬送されました」

ユリアは手短に経緯を話した。

「発見が遅れていたら、本当に命の危険があったそうです。担当のお医者さんには、サルミアッキを食べ過ぎて命を落とす最初の日本人になるところだった、と言われました。そういうわけで、気がついてくれた人には本当に感謝しています。その人は通っていた漢方薬局の人なんです。処方された漢方薬にも甘草が配合されているそうで、その兼ね合いで心配して家まで来てくれたんです」

リコリス菓子のリコリスとは甘草の英語名だった。

麗の言ったヒガンバナもリコリスだが、甘草はlicoriceで、ヒガンバナはlycorisと表記する。カタカナにすれば、同じリコリスなので誤解してしまったというわけだ。

「ユリアちゃん、若いのに漢方薬なんて飲んでいるのか。もしかして年齢をごまかしているのと違うか」

スタジオのMCがすかさず突っ込む。打ち合わせ通りの展開にユリアは微笑んだ。

「実は、いままで黙っていたんですが、新型コロナウイルスの後遺症で匂いと味がぼんやりしていて、それで漢方薬を飲んで治療していたんです」

マネージャーとプロデューサーに事情を話して、テレビで経緯を説明できないかと頼んだのだ。匂いと味がしないことを隠して、食リポをしたことを視聴者に謝りたかった。

そこまでしなくてもいいんじゃないか、とマネージャーの菊池は友梨亜をなだめたが、後でバレたら問題になるし、自分から打ち明けた方が印象はよくなると思います、それでも非難の声が多かったら番組を降ります、とユリアは言い切った。

駆け出しのタレントの食リポに、そこまで非難が起こるとは思えないけれど、救急搬送に至るまでのエピソードが興味深いし、視聴者に訴えるものがあるから、時間を作ってもいいかな、とプロデューサーはユリアの提案を受け入れてくれた。

それでこの日の放送で時間を作ってもらったのだ。

「おいおい。匂いと味がわからなくて食リポしていたのかよ」

「ごめんなさい。でも激辛料理は本当に辛かったです。あの汁は偽物ではありません」

ユリアの言葉にスタジオのみんなが笑った。

「今はだいぶ匂いも味も戻ってきました。今日の抹茶パフェは、本っっっ当に美味しかったです。それで私が言いたいのは、匂いと味がわからなくなる体験をして、この二つが生きていくために、とても大事なものだとあらためてわかったということです。これまで普通に食べたり飲んだりしてきましたが、味と匂いを感じることはとても幸せなことだと気づきました。そういうわけで、私はこの食リポコーナーに、今後も全身全霊を傾けていきたいと思います。だから、みなさん、これからもよろしくお願いします」

ユリアが深々と頭を下げると、「なんだ。最後は自分の売り込みか」とMCが笑った。

「食リポは全身全霊を傾けてやるような仕事じゃないぞ。もっと気楽にやらないと見ている方が疲れちまう。もっと肩の力を抜いて楽にやればいいんだよ」

MCの言葉が、普段よりも優しげに聞こえるのは気のせいだろうか。

「ありがとうございます。あとひとつだけ。私はそんな体験をしましたが、サルミアッキやリコリス菓子に罪はありません。何事もほどほどが肝心だということです。あと、普段から色々な薬やサプリメントを飲んでいる方は、薬剤師さんにそれを話して、指導を仰いでくださいね。そうすれば私みたいな目に遭わないで済みます。くれぐれも食べ過ぎにはご注意を――」

噛まずに早口で喋って、なんとか言いたいことは言い切った。

奈津美さんは、この放送を見てくれていただろうか。

味覚障害と嗅覚障害に気づいた時はどうなるかと思ったが、サルミアッキを食べ過ぎて救急搬送されたというエピソードを得られて、とりあえずは結果オーライだ。

そして彼女と友達になれたことが何よりも嬉しかった。

小さい頃からアイドルになりたかった。その夢は叶ったようにも思えたが、長続きはしなかった。アイドルにはなったが、それであり続けることはできなかった。一時はそれで自分の夢が終わったと思った。しかしそうではないことに気がついた。自らの想いや考え、感じたことを世間に発信していく場所があるというのはすごいことなのだ。

これからもこの仕事を続けていきたいとあらためて思った。

この発言で、苦情が入って番組を降ろされることになっても、故郷に帰ることは考えずに、しがみついてでもこの世界で頑張っていこうとユリアは考えた。

だけどそのために嘘をついたり、他人を貶めるようなことはしたくない。

それは奈津美さんを見て思ったことだった。

——あなたに何かあったら漢方薬局をやめようと思った。

あの言葉に嘘はないだろう。もし嘘をついたり、他人を貶めることでしか生き残る道がなくなったら、その時は潔く身を退こう。

それでもこれからもコーナーを続けることができたなら、この世界には美味しいものがたくさんあることを多くの人——そして何より奈津美さんに伝えていきたいと思った。

第四話

用法

長男の務め

年　月　日

1

時計の針が午後六時を過ぎた。

まだ大勢の社員が残っているが、川島浩一郎はデスクから立ち上がると、タイムカードを押して、そっとオフィスから外に出た。日はすでにとっぷりと暮れている。風の冷たさにコートの襟を立てて、駅に向かって歩き出す。

大手生命保険会社から、関連の子会社に出向したのが五年前。

三年経てば本社に戻すという話だったが、それを過ぎても音沙汰はない。文句を言おうにも、約束した上司がすでに会社にいなかった。それでいて出向先は何度か替わり、今は新宿にある関連会社の電話サポートセンターで名ばかりの管理職をやっている。日がな一日机に向かって何に使うかわからないデータを集計する毎日だ。親しい同僚や部下もいないので、昼休みも一人で過ごしている。

浩一郎が親会社から来た人間だという意識があるせいか、定時に来て、定時にあがる毎日に文句を言う人間はいなかった。そういう意味では気が楽だが、ただそこにいるだけの日々を後どれだけ続ければいいのかと思うと気が滅入る。

それでも仕事を辞めないのは家族のためだった。出向前と比べれば、年収は三割以上減ったが、この年で再就職先を探すことを考えればまだましだ。これといった技能も資格もない五十七歳の男を、それなりの給料で雇ってくれる会社がどこの世界にあるだろう。

今はとにかく我慢するしかない。あと三年、いや、定年後の嘱託の期間も入れればあと八年か。年金がもらえる年齢までは、何があってもしがみつくしか生きる道はない。

交差点で信号待ちをしている時、ポケットに入れたスマートフォンが鳴った。弟の大悟からの着信だった。

「もしもし――」電話を取った。

『来月に家族会議をやるそうだけど、俺は行けないからよろしくな』

挨拶も前置きもなしに、大悟はいきなり用件を口にした。兄弟とはいえ最低限の礼儀があるだろう。仕事が長続きしない原因はそういうところにあるんだぞ、と言いたい気持ちを浩一郎は呑み込んだ。言ったところで喧嘩になるだけだ。

「理由は何だ。仕事が忙しいとかか」代わりに嫌味な質問をしてやった。

『そうだよ。明後日から一ヶ月ほど沖縄に行く』

言葉につまった。

「……いい身分じゃないか」

羨望の気持ちを押し殺して言ったが、

『建設現場で働くんだよ。旅費は出るが、寝泊まりするのはプレハブ小屋だ。いるだけで給料がもらえる兄貴の方がいい身分だと思うけどな』

嫌味に嫌味で返された。

『そんなことより確認したいことがある。親父が遺言状を書いたっていうのは本当か』

聞いた瞬間、舌打ちしそうになった。

「どうして知っている。親父から聞いたのか」

言ったそばから、それはないと思った。母が亡くなって以来、大悟は家に寄り着くこともない。父とは一切話をしていないはずだった。

『和子叔母さんに聞いたんだ』

和子叔母さんは年の離れた父の妹だ。近所に住んでいるよしみで昔から大悟を可愛がっていた。現在でも何かと連絡を取り合っているという話を聞いたことがある。

『それは正式な遺言状なのか』

「司法書士の先生と公証役場に行って、法的に有効な遺言状を作成したそうだ」

信号が変わったが、話が長くなりそうなので渡るのをあきらめた。

『どういう内容なんだ。俺にも教えろよ』

「俺も知らないよ。相続人は立ち会えないからな」

『立ち会えなくても関係ないだろう。長男至上主義の親父が兄貴に内容を言わないはずがない』

「嘘じゃない。本当に俺も知らないんだ」

ふんっと大悟は鼻を鳴らした。

『聞かないでも想像はつくけどな。家屋敷と他の不動産は兄貴がそっくり受け継いで、俺と美沙子(みさこ)にはそれ以外のおこぼれがあるってとこだろう』

美沙子は一番下の妹だ。結婚して、今は島根に住んでいる。夫は飲食店を経営しているが、売上は芳(かんば)しくないという話を聞いている。

浩一郎は交差点から離れて、シャッターを閉めた商店の軒先に移動した。

「くわしい内容は本当に知らない。最近は親父も変わったんだ。昔にくらべてまるくなった。だからお前と美沙子たちにそこまで不利な内容じゃないと思う」

『そんな曖昧な言い方で信用できるかよ。家屋敷をはじめ、財産のほとんどを長男が受け継ぐのは当たり前のことだって、俺たちが子供の頃から親父は言っていた。今さらまるくなったもないだろうが』

「子供の頃から、長男の俺が贔屓(ひいき)されていたことは否定しない。でも母さんが死んで、親父は変わった。昔ほど家柄だの、長男だのってことを言わなくなったんだ。遺言状のことだって、その変化から出たことだと俺は思っている」

昔の父だったら遺言状を書くことさえしなかったはずだ。長男の浩一郎がすべての遺産を受け継ぐのは当然のことだと思っていたからだ。

しかし大悟は納得しなかった。

『兄貴もずいぶん優しくなったじゃないか。前だったら、家に寄りつきもしないくせに文句を言うなって怒られたと思うけどな』

「俺も年を取って考え方を変えた。いつまでもいがみ合っても仕方ない。もっとみんなで仲良くするべきだって、最近は考えているんだよ」

なだめるように言ったが、大悟は笑った。

『兄貴の腹はわかっているぞ。親父が認知症になったから、これからのことを考えて、俺たちを手懐けようとしているんだろう』

浩一郎は苦笑いした。そこまで和子叔母さんに聞いているわけか。

たいした家柄でもないのに、長男、長男と父が騒ぐのは祖父の影響によるものだった。

家父長制の権化だった祖父は、浩一郎が大学生の時に老衰で死んだが、生前は家の中で絶対的な権力を持っていた。和子叔母さんは、幼い頃から、小間使いよろしく炊事や洗濯をさせられていたそうで、上げ膳据え膳の状態でのほほんと暮らしていた父に恨みに近い感情を持っている。そのせいで大悟と美沙子には同情的で、二人が家を出てからも、何かにつけて連絡を取っているらしい。

「親父は、まだ深刻な状態じゃないよ。だけど、このまま一人暮らしをさせておくには不安がある。お祖父さんや母さんのこともあるし、だから早めに手を打った方がいいとは思っている」

　祖父、それから母も認知症を患って、晩年は家族がひどく苦労した。特に自分が絶対だと思っていた祖父は、性格がより苛烈になって、世話をする母に暴言を吐いたり、暴力をふるうこともあった。母はそこまでではなかったが、妄言を言ったり、徘徊したりするようになった。和子叔母さんをはじめとする親族が心配して、世話をすることを申し出たが、体面を気にする父は自分が世話をすると言い張った。しかしそれまで家のことを何もしなかった父に、母の世話ができるはずもなく、やがて家は荒れるがままになり、ある夜、母は一人で外に出て、国道で車にはねられて亡くなった。

　そんな経緯があって、大悟と美沙子はこれまで以上に父を拒絶するようになっていた。

　もっとも、さすがの父も母の死は堪えたようで、それから以降は高圧的な物言いがなくなり、沈んだ様子を見せるようになった。そして気がついたら、物忘れがひどい、車の運転が危ういなどの状態を見せるようになったのだ。

『病院には連れて行ったのか』

「行ってない。勧めても、そんな必要はないって言い張るんだ」

『まあ、そうだろうな。でもやっぱり俺の考えは正しかったな。認知症の親父の介護は兄貴一人の手に余る。だから俺たちを引き込もうって考えているんだろう』

「引き込もうって言い方はないだろう。年老いた親の面倒をどうするか、家族なら相談するのは当然のことじゃないか」

寒くなってきたので歩き出す。まだ話が続きそうなので、駅とは逆方向に足を向けた。

『母さんが認知症だと診断された時には、そんなことを言わなかったじゃないか』

「それは父さんがいたからだよ。父さんを差し置いて、俺たちが母さんをどうするかを決めることはできない」

『その結果、母さんは事故に遭って死んだんだけどな』

「俺のせいだって言うのかよ。それを言えばお前だって、何もしなかったじゃないか」

『美沙子が母さんを引き取って世話をするって言ったのに俺は賛成をした。でも兄貴は違う。親父の肩をもって、どっちつかずの言い方をした。それで親父に押し切られたんだ。兄貴が俺たちの側について、三人で協力すれば親父を説得できたかもしれない。でも兄貴は親父についた。親父の機嫌をそこねれば、もらえるはずの遺産を減らされる。それが嫌で母さんを見捨てたんだ』

浩一郎は口をつぐんだ。

痛いところをつかれた。しかしその言葉がすべて正しいわけではない。大悟と美沙子は、浩一郎が父親に贔屓をされて、いいことばかりがあったと思っている。

しかしそれは違う。浩一郎は、子供の頃から常にプレッシャーをかけられてきた。川島家の当主として家を守っていく務めがお前にはある。事あるごとにそう言われて、それらしい行動を取るように言われてきた。といっても川島家が由緒正しい家柄というわけではない。過去にはあたりの土地を広く所有して、地域の信頼と尊敬を集めていた時代もあったようだが、太平洋戦争が終わった後は持っていた土地のほとんどを手放して、普通の暮らしぶりに落ちついていた。

それでいながら自分が祖父にされたように、長男の責任とか、長男の矜持とかという言葉を使って、川島家の当主にふさわしい男になれ、と父は浩一郎の尻を叩いた。好きで長男に生まれたわけではない。

浩一郎にそうではない人生はなかったのだ。もっとも成長してからは、これからの時代、親の命令に従っても得るものはないと思い、家を出て独立することに腐心した。その甲斐あって、名前の通った企業に就職して、家庭をもつことができた。そんな浩一郎に、父が表立って怒らなかったのは、いつかは家に戻って家父長として川島家を継ぐことを暗黙の了解としていたからだろう。

あの時、美沙子の提案に賛成しなかったのは損得を考えてのことではない。

単純に父の機嫌を損ねるのが怖かったのだ。父の顔色を窺い、父の意向に沿った行動を選択する癖が浩一郎には染みついていた。子供の頃から、まったく成長していない部分が浩一郎の中にあって、それが父を怒らせないように彼の行動を制御している。

しかしそれを言ったところで大悟が納得するはずもないだろう。

「どう思おうとお前の勝手だが、俺も母さんのことはすごく残念だと思っているし、後悔もしている。同じ轍を踏みたくないから、今回は家族会議を開いて、父さんのことをみんなで相談したいと思ったんだ」

取ってつけたような台詞だったが、筋が通っているせいか大悟は表立って反論しなかった。

『具体的に親父はどんな具合なんだ』

「人の名前はよく忘れるし、昔の記憶もあいまいだ。車の運転もどこか危うい。食事やトイレは一人でできるが、この先どうなるかはわからない」

『なんだ。その程度か』大悟は笑った。

『それなら、まだ大丈夫だろう。俺は子供の頃から、馬鹿だ、のろまだと言われて、親父には怒られてばかりいた。親父だって、そんな出来の悪い次男坊に介護されたくないはずだ。ここはやっぱり川島家の後継ぎである兄貴の出番だよ。兄貴ももうすぐ定年だし、家族で実家に戻って、親父の面倒を見ればいいだろう』

それは浩一郎も考えた。しかし子供の学校のこともあるし、私には無理と妻に拒否された。結婚後、帰省するたびに一人で忙しく家のことをする母と、悠然と座っているだけの父の姿を見せつけられてきたのだ。自分にはそんなことはできないと思うのは当然のことだろう。

父の面倒を見るとしたら、浩一郎一人で移り住むか、毎日通うしかないだろう。

介護退職という言葉が思い浮かぶが、父の介護がいつまで続くのかわからないし、退職金だけで妻と子供の今後の生活費を賄えるとも思えない。それを考えると軽々と決断はできなかった。

「他に方法がなければそうするさ。でも俺たちは三人きょうだいだし、俺が勝手に決めるのもおかしな話だろう」

『そんなことはない。長男である兄貴がいいようにすればいい。でも遺産の話はまた別だぞ。昭和の時代と違うんだから、俺たちにもそれなりの権利があることは忘れないでくれ。兄貴は遺産を一人占めするつもりじゃないかって美沙子も心配していたぞ。そこは令和の時代らしく、しっかり平等にしてくれよ』

またそこに話が戻るのか。浩一郎は人通りのない道に歩みを進めた。

「一人占めなんかしない。そもそも遺産相続には遺留分という制度がある。しようとしても一人占めなんてできないさ」

『遺留分っていうのは最低限の取り分のことだよな。法定相続の通りなら子供三人で三分の一ずつになるが、遺留分はその半分だ。俺と美沙子は六分の一ずつにして、兄貴が遺産の六分の四を取ることもできる。俺たちはそれじゃ納得できないぞ』

なんだ、よく知っているじゃないか。大悟が小学生の時、分数が苦手でいくら説明しても理解できなかったことを、ふと思い出す。分数なんか何の役に立つんだよ、と泣きながら怒っていた顔が思い浮かぶ。

ほら、役に立ったじゃないか、と言ってやりたい気持ちを何とか抑えた。

「どちらにしても親父は遺言状を書いたんだ。俺たちがごちゃごちゃ言っても、それを変えることはできないよ」

『そこは兄貴の決め方によるだろう。親父の遺言状の内容がどうであっても平等に分けると一筆書いてくれれば、とりあえず俺たちは納得してもいい』

それを聞いてうんざりした。そんなことを書いたら、それが将来にどんなトラブルを生むかわからない。

「電話でこんな話をしていても埒が明かない。実際に会って話をしないか。来月がダメなら再来月でどうだ」

『生憎だが、その日暮らしの身なんだ。そんな先のことはわからないな』

その後も会話を続けたが進展はしなかった。

スマートフォンを耳に当てながら、浩一郎はぼんやりと数ヶ月前のことを思い出した。

大事な話があると父に言われて実家に行ったのだ。

その大事な話は二つあった。ひとつが公証役場で遺言状を作りたいという話。そしてもうひとつが、川島家の長男として浩一郎が果たすべき務めの話だった。遺言状の話はともかく、長男の務めの話と聞いて、最初はうんざりした。また時代錯誤もはなはだしい繰り言を聞かされるかと思ったのだ。

しかしその内容は浩一郎が思ってもみないものだった。最初は冗談かと思って、笑い出しもした。しかし父の表情は変わらない。父が本気で言っていると気づいた時には、ぞっとした。自分もその務めを果たした、と父は真面目な顔で言ったのだ。

――自分もそれを果たしたし、親父も果たしたと聞いている。だから次はお前の番だ。川島家の長男として、立派にそれをやり遂げてくれ。

父は浩一郎の目をじっと見て、そう言った。その瞬間、背中を寒気が駆け上った。

遺言状は、浩一郎にかなり有利な内容になるようだ。だからお前にそれを拒否することはできないと父は言下に言っているのだった。理不尽で一方的な父の物言いに、浩一郎は気圧（けお）されたように黙り込んだ。それを了解のしるしと受け取ったようで、もうぃい、話は終りだ、と父は浩一郎を帰らせた。

それ以後、浩一郎はその話を思い出さないようにしていた。できれば聞いていないことにしたかった。しかし聞いてしまった話を聞いていないことにはできないし、思い出さないようにしても実家に行けばまた思い出す。

ただし父はその話を繰り返そうとはしなかった。一度言えば十分だと思ったのかもしれないし、あるいはその話自体が、認知機能の低下による妄言だったのかもしれない。

父に問いただす勇気も出ないまま、気がつくと時間が経っていた。

誰かに打ち明けて、相談をしたいと思い、それとなく大悟に連絡を取ってみた。家族会議にかこつけて、話をしてみようかと思ったのだ。美沙子は遠方にいるから、誘っても参加を見合わせることだろう。大悟と二人で会ってタイミングを見計らって打ち明けよう。

そんな風に考えていたが、この調子では、大悟に相談しても解決するどころか、逆に混乱に拍車をかけることになりそうだ。

『――俺の話を聞いているのかよ』

大悟が大きな声を出している。

「また連絡するよ」

浩一郎は電話を切って歩き出した。

しかし、しばらくするとまた鳴り出した。液晶画面には美沙子の名前が表示されている。大悟が連絡したのだろう。同じ話を繰り返すのが嫌で、浩一郎はスマートフォンの電源を切ってポケットに突っ込んだ。

ずっと外にいたせいで、体が冷え切っていた。どこかで熱燗でも引っかけて帰ろうか。

飲み屋のある方角に足を向けると、見覚えのある男の後ろ姿が目に入った。

いきつけの小料理屋の常連で、まわりから先生という仇名で呼ばれている男だった。年齢はおそらく浩一郎より上だろう。酒が進むと饒舌になって、色々と面白い話をしてくれる。彼と飲めば、少しは気分が晴れるかもしれない。

浩一郎は足を速めて先生の後を追いかけた。

2

最近は予約なしで、ふらりと訪れる客が増えてきた。

アンケートの〈来局したきっかけ〉の項目を見ると、〈広告や看板を見て〉と同時に、〈知人に聞いて〉にチェックする客も増えている。

ありがたいことだ、と奈津美は思った。これもてんぐさ堂に勤める三人の薬剤師が頑張っているためだろう。

神崎彩音はアンチエイジングにくわしく、更年期障害に悩む女性客からの信頼も厚かった。昔からの常連客や男性ファンもついているし、いまやてんぐさ堂の看板薬剤師ともいえる存在になっていた。

城石達也は、SNSに複数のアカウントを持っていて、そこで美肌、美白、ダイエットに関わる情報を発信しているようだ。女性向けの美容情報を発信するアカウントは多いが、男性向けのそれはさほど多くなく、それなりに注目を集めているようで、そこを見て訪れる若い客も少しずつ増えている。

宇月啓介については、まだよくわからない。SNSで漢方薬の情報発信をしているらしいが、てんぐさ堂とは切り離して考えているらしく、直接の集客には繋がっていなかった。ただし加納有紀、箕輪京子、大久保友梨亜と、漢方薬とは直接関係のない問題を解決した手腕は見逃せない。売上にはまだあまり貢献していないが、ここは長い目で見るべきだろう。

三人とも、ネットに出した採用募集に応募してくれた薬剤師だった。

薬剤師の主な勤務先は病院、調剤薬局、ドラッグストアなどで、漢方薬局での勤務を希望する人材は決して多くない。そういう意味では、それぞれに強みのある人材を三人も採用できたのは運がよかったといえる。

過去には、漢方薬の知識はあまりないが仕事をしながら学びたいという女性や、製薬会社のMRをしていた中高年の男性を採用したこともあるが、思っていたのと違うと言って、それぞれ一ヶ月もしないで辞めてしまった。

中国の有名な中医学の学校で学んだという中国人女性を雇ったこともあった。薬剤師の資格はないので、カウンセリングを任せて、薬は別の薬剤師が処方するという分業制を採ったが、彼女も三ヶ月ももたなかった。分業制が問題ではなく、「本気で体質改善をしたかったら湯剤を使ってください。エキス剤は生薬の分量が少なくて効きません」などと歯に衣を着せない物言いをするので、常連客からクレームが入ったのだ。「もっと穏やかな言い方ができませんか」と奈津美が頼んでも、「私は間違ったことは言っていません」と突っぱねられた。それ以外にも細かい行き違いが多々あって、何度も話し合ったが、「自分のやり方が認められないなら続けられません」と辞めてしまった。

中医学と漢方医学の違いか、あるいは国民性や文化の違いなのか。何が正しいのかわからなくなって、その時はずいぶんと悩んだものだった。

それを思えば、今の状態は天国ともいえる。

だから宇月に関しては、しばらくうるさいことは言わずに見守ろうと思った。

そんなことを考えていた矢先だったから、その初見の客が、宇月を指名して予約してきたことには少し驚いた。

川島浩一郎という、どこか疲れた感じがする中高年の男性だった。

スーツ姿なのは、会社帰りに立ち寄ったためだろう。記入してもらったアンケートを見ると、来局のきっかけは〈知人の紹介〉になっていた。会社の同僚や部下に以前宇月にかかった客がいて、その伝手で来局したのだろうと奈津美は推測した。

世の中には、薬剤師に相談しづらい症状で悩んでいる人もいるわけで、そういう人は性別が同じで年齢が近い薬剤師を希望する。

困っている症状は、慢性的な疲労と睡眠不足となっていたが、これだけでは薬を決められないので、もっとくわしい状態を聞く必要があるだろう。

「宇月さんを指名して予約された方ですので、よろしくお願いしますね」

奈津美は一言添えて、川島のカウンセリングを宇月に任せた。

そのせいということもないのだろうが、六時過ぎからはじまったカウンセリングが一時間を過ぎてもまだ終わらない。

客は川島だけで、とりあえず他にするべき仕事はない。顔を突き合わせて話し合っている二人を見ているうちに、ふと生前の母のことを思い出した。

薬剤師の資格を持っていない母は、薬剤師が席を外している時のつなぎとして、よくお客さんの話を聞いていた。専門的な知識がないから、一方的に話を聞くしかできないけれど、でもそれがお客さんの健康回復に寄与することもあるからね、と母は常々言っていた。

そうやって様々なお客さんの話し相手になることで、母は父を助けて、てんぐさ堂の評判を高めていったのだ。しかし奈津美には、母のような行動を取るのは難しい。そこで薬局の改装に踏み切り、誰でも入りやすい漢方薬局を目指した。これが吉と出るか凶と出るかはわからない。お客さんの数はそこそこ増えているが、これがずっと続くという保証はないし、順調な時ほど、冷静になって先を見据える必要があるだろう。

そんなことを考えていると、カウンターの向こうで宇月が立ちあがった。奈津美に視線を送ってくる。奈津美は頷いて、調剤室に移動する宇月に代わって、カウンターに行った。

川島の薬は抑肝散料加陳皮半夏だった。気が昂る人に出される抑肝散に、半夏と陳皮を加えた漢方薬で、自律神経系の失調を改善する効果があり、苛立ちを心にためこみやすい人にいいとされている。

薬の説明は宇月がしたはずなので、奈津美は煎じ薬の作り方や飲む際の注意、瞑眩や副作用の説明をした。友梨亜のことがあったので、食品や嗜好品を取る際にも、何が含まれているか注意を払って下さいと言い添える。

わからないことがあれば何でも電話してください、と説明をまとめた紙と一緒に薬局の電話番号が入ったカードも渡した。

川島はあまり明確な反応を示さなかった。奈津美が何を言っても、はい、と答えるだけで、質問をすることもない。それでいて宇月から漢方薬の入った薬を渡されると、恐縮したように何度も頭をさげていた。

自分には聞かれたくない相談があったのかもしれない、と奈津美は思った。年齢や性別によって、抱える悩みも変わってくる。薬剤師には顧客の個人情報を守る義務もあるので、川島が帰った後も宇月に余計な質問はしなかった。

「今日はこれで結構ですよ。お疲れ様でした」

すでに八時を過ぎている。神崎と城石は退社していた。閉局後の売上管理やレジの集計、生薬の在庫チェック等はすべて奈津美がやっている。

しかし宇月は思案気な顔で、

「少しお訊きしたいことがあるのですが、お時間よろしいですか」と声をかけてきた。

「はい。何ですか」

奈津美は作業の手を止めた。

「社長――天草武史さんですが、薬剤師として復帰する予定はないんですか」

宇月がその話題を口にしたのは初めてだ。

「そうですね。父にその気はないと思いますが……」

いきなりだったので、なんだか歯切れの悪い答えになった。宇月もそれを感じ取ったのか、

「突然訊いてすみません。常連のお客様と話をしている時、ご主人はもう引退されたんですか、と訊かれることがあるので、一応確認しておこうと思ったんです」と言った。

ああ、そういうことか。

川島は初見の客だったが、その前は続けて常連のお客さんを接客していた。神崎や城石は知っていることだが、宇月にはまだ説明していなかった。

奈津美は、父が薬局に立たなくなった理由を説明した。すい臓がんが判明してから一年経たずに亡くなった母の死を、父がいまだに受け入れられないでいることを。

「母が亡くなって、父は薬局を続けていく気力を失ってしまったようなんです。祖父から受け継いだ後、ずっと二人で頑張ってきたので、喪失感が大きすぎるのかもしれません」

「なるほど。仲のよいご夫婦だったんですね」

じっと話を聞いた後で、宇月は穏やかに微笑んだ。

「天にあっては比翼の鳥、地にあっては連理の枝という言葉を思い出しました」

「なんですか。それ」

「白居易の長恨歌にある一文で、仲睦まじい男女や夫婦の例えです」

比翼の鳥とは二羽同時でなければ空を飛べない伝説の鳥のことで、連理の枝とは枝が重なり、木目がつながった二本の木のことだという。唐の皇帝・玄宗が楊貴妃にあてた言葉として記されているそうだ。

大袈裟だなと思ったが、両親の仲を褒められて悪い気はしない。

「ありがとうございます。父がその愛情を我が子にも少しは向けてくれると嬉しいんですが」

「向けているんじゃないですか？」宇月は怪訝な顔をする。

「どうでしょうか。私にはそうは思えませんが」

さりげなく言ったつもりだが、どこか突き放したような言い方になった。

「神崎さんから聞いた話では、お父さんは不動産管理の仕事をしているということでしたけど……」

宇月は戸惑ったように訊いてきた。

「そんな大仰なことじゃないですよ。所有している賃貸マンションの共有部分の掃除や修繕、クレームの処理程度の内容です。毎日するべきことでもないですし、現場に行っても数時間で終わる仕事です。そういう名目で外に行っては、昼間はギャンブル、夕方からは飲み歩くのが日課になっているんだと思います」

　俺は薬局の仕事は手伝わないからな。

　そう言われて、奈津美はてんぐさ堂を任されたのだ。

　それでも奈津美はひそかに期待していた。時間が経てば、気力を取り戻して、父が薬剤師として復帰してくれることを。しかし、それは空しい希望だった。現在においても、本人にその気はまったくないようだ。すっかりと隠居した気分になって、毎日だらだらと遊び暮らしている。

「もともと偏屈な性格なんですよ。自分の考えを曲げないところが面倒だって、生前の母がよく言っていました。自分のこだわりに固執して、それ以外のことを受け入れられない。人づき合いが苦手で、営業や渉外はからっきしですし、母がいない状態で薬局を運営していく自信がないんです」

　そこまで言って口をつぐんだ。これ以上喋ると、父への不満がとめどもなく口から溢（あふ）れてきそうだった。

「父は概（おおむ）ねそんな感じですが、薬剤師の皆さんが頼もしいので、いまのところ薬局運営に問題はありません。神崎さんと城石さんにはそれぞれ得意分野があって、お客さんがついていますし、宇月さんの観察眼と見識には色々と助けられていますから」

　本心から出た言葉だが、宇月は困ったように頭を搔いた。

「そう言っていただけると有難いですが、神崎さんや城石さんに比べると、やはり僕はまだまだですね。漢方薬の知識はそれなりに持っていると自負していましたが、これまでの仕事とは勝手が違って戸惑っています。お客様の希望に添えるよう、もっと勉強を重ねて、頑張っていきたいと思います」

「宇月さんには色々助けていただいているので、それだけでもありがたいと感謝しています」

　これからもどうぞよろしくお願いします、と奈津美は頭を下げた。

「わかりました。若輩者ですが、期待に添えるように努力します」

　それではこれで、と宇月は腰をあげた。右手でカウンターをつかみ、そのまま体を引っ張るように立ち上がる。左脚が不自由なせいか、体重移動がうまくできないようだった。

　薬局内では使用していないが、外を歩く時には杖を使っているようだ。

「お体は大丈夫ですか」

　奈津美は訊いてみた。体が不自由なのは、昔事故に遭ったからだとしか聞いていない。プライベートなことに踏み込むのは遠慮があったが、父のことを訊かれたので、いい機会だと思った。

「日常生活を送る分には問題ありません。お気遣いいただきありがとうございます」

「足りないことや、必要なことがあれば遠慮なく言ってくださいね。バリアフリーな薬局を目指しているので、使い勝手が悪い箇所があれば直すようにしますから」

「脚に不自由があると、ちょっとした段差で躓(つまず)くこともあるのですが、ここはフルフラットで快適に仕事ができて有難いです」

「改装の計画を立てる時に気を使いましたから、そう言っていただけると嬉しいです。交通事故の後遺症って、時間が経ってから現れることもあるそうですから、何か問題が生じたらすぐに言ってくださいね」

　事故と聞いて、交通事故だと思い込んでいた。しかし宇月は穏やかに笑って、

「重ね重ねありがとうございます。僕が遭ったのは交通事故ではないのですが、たしかにそういう可能性はありますね。何かあったらすぐに言いますので、よろしくお願いします」

　いつもと変わらない口調だったので、奈津美もつい気が緩んだ。

「そうだったんですか。でも交通事故でなかったら、どんな事故だったんですか」

　宇月は一拍おいて、そっと言った。

「毒の入った紅茶を飲まされたんです。大学生の時に交際していた同級生の女性に」

3

日曜日の夕方、浩一郎は新宿にいた。

仕事以外の週末に来るのは久しぶりだった。街中を少しぶらぶらしようと思ったが、思った以上に人出があって、人混みに揉まれているだけで疲れを感じた。天気は穏やかだったが、日が西に傾くと、空気はすぐに冷たくなった。約束の時間には早いが、とりあえず待ち合わせの店に行くことにした。

そこは繁華街の裏通りにある昔ながらの喫茶店だった。浩一郎は奥まった席に座って、黒服を着たウェイターにブレンドコーヒーを注文した。

朝から実家に行ってきたところだった。八王子駅からバスで二十分ほどかかる不便な場所だが、その分土地は広かった。二百坪の敷地に母屋と離れと納屋が建っている。昔は多くの田畑や山林を持っていたそうだが、祖父の放蕩と戦後の混乱があって、そのほとんどが人手に渡ったと聞いている。家系図があるわけではないし、先祖を遡れば、戦国武将の家臣だったと祖父は言っていたが、どこまで本当なのかはわからない。

——お前はこの家の跡取りだ。立派な人間になって、末永くこの家を守っていく務めがあることを忘れるな。

浩一郎は物心ついた時から、祖父や父にそう言われて育ってきた。

小学生の頃は、その言葉を素直に信じていたが、中学生になって、同級生の家に遊びに行った時、それが空々しい言葉だったと気がついた。そこは浩一郎の家の倍以上の敷地がある家だった。よく手入れをされた広い庭には築山と池があって、まわりを黒松の林が囲んでいた。母屋は重厚な造りの日本家屋で、入り組んだ廊下の両側にいくつもの部屋があった。

そこで何より驚いたのは、お手伝いさんと呼ばれる使用人がいたことだった。それを知った瞬間、レベルが違うと笑い出したくなった。本当に立派な家柄とはこういうものなのだ。これに較べれば、ウチは普通の家だった。

それに気がついた時、浩一郎は恥ずかしさを感じた。普通であることが恥ずかしかったのではない。普通であるのに、家柄だとか、跡取りだとかと肩ひじ張っていることが恥ずかしかったのだ。

それから浩一郎は、ことごとく祖父や父に反発した。しかし明治生まれの祖父が、中学生の物言いをまともに取り合うはずもなく、冷笑と叱責に説教が続いて、さらに浩一郎の気持ちを萎えさせた。祖父が脳梗塞で倒れて、母が介護をするようになったのはそのしばらく後だ。寝たきりになっても祖父の気位の高さは変わらず、母はずいぶん苦労したようだ。

父は、祖父ほど高圧的ではなかったが、それでも事あるごとに、しっかりしろと浩一郎を叱った。中学、高校と成績のぱっとしなかった浩一郎は、父の出身校である有名大学には合格できず、滑り止めの大学に受かるのが精一杯だった。

そんな浩一郎に、いつしか父は見切りをつけていたようで、就職活動をするべき時期になると、自分が市役所の要職についているのをいいことに、口利きをしてやるから出入りしている地元企業に勤めろと言い出した。浩一郎の力では、まともな就職先を見つけられないと思ったようだ。面接さえ受ければ採用されるように取り計らっておいてやる、と言われて、浩一郎は唇を噛んだ。そこまでぼんくらだと思われていたわけか。ここで父の言う通りにしたら、二度と頭が上がらなくなるだろう。

意を決した浩一郎は、父親には黙って全国規模で支店のある大企業の採用試験をいくつも受けた。採用されれば地方勤務は免れないだろう。それが父を怒らせずに、家から抜け出す最良の方法だと思ったのだ。彼が通っていた大学のランクからすれば高望みかとも思えたが、好景気の波が寄せてきた時代だったこともあり、なんとか大手の生命保険会社の内定を取りつけた。

その話を打ち明ける時はドキドキした。口利きした俺の顔を潰す気か、と怒られるかもしれないと思ったのだ。しかし父はすんなりとその話を受けいれた。長男が有名企業に就職を決めたことが誇らしかったようで、人に会うたびにその話をしていたらしいことを、ずっと後になって母から聞かされた。

それから後は、理想的な人生を歩めたと言えるだろう。地方転勤を経て、東京に戻り、結婚をして、子供が生まれて、都心にマンションを買った。

東京に戻った時や、結婚が決まった時、あるいは子供が生まれたり、子供が学校にあがるタイミングを見計らったように、そろそろ実家に戻って来たらどうだ、と父は言ってきた。しかし浩一郎は無視をした。実家で同居したところで、お互いにうまくやっていけるとは思えなかった。それは母も同意見だった。

――いまさらあんたが戻って来てもうまくいかないよ。お父さんは男子厨房に入らずと言われて育ってきた人だからね。いまだに自分でお茶一杯いれたことがないんだよ。同居したら、あんたの奥さんを女中扱いするかもしれないし、孫たちにも色々とうるさいことを言うだろう。そんなのは見たくないし、間に入って仲裁することもしたくない。だから何を言われても戻って来ないでいいからね。あの人のお守で苦労するのは私一人でたくさんだよ。

そんな母の言葉に甘えて、電車で一時間半ほどの距離なのに、盆と正月以外には実家に顔を出すこともしなかった。

気がつくと、就職を決めて家を出てから三十五年ほどが経っていた。

支社で優秀な営業成績をあげて、本社に栄転した時は、やっぱり自分の選択は正しかったと胸を張ったが、しかしいま思えばあれが自分の人生のピークだったのだ。やがて景気は後退して、不況が続き、会社では徐々にリストラが進行していった。世話になった上司や親しい同僚がぽつりぽつりといなくなり、浩一郎も五十歳を迎えた直後に子会社への出向を命じられた。

実家で父と二人で暮らしていた母は、二年前に亡くなり、現在、実家では父が一人で細々と暮らしている。五つ年下の大悟は独身だ。新卒で就職した会社が、三年後に倒産した後は、非正規雇用の働き口を転々として、いまだに安定した生活基盤を築けていない。

それより二つ下の美沙子は、中学、高校、短大とエスカレーター式に上がれる私立学校を出た後、アルバイトをしていた飲食店の店長と結婚して、彼の生まれ故郷である島根に行って飲食店を開業した。当初は繁盛していたらしいが、二店目、三店目と支店を出した頃からおかしくなった。売上が思ったようにあがらず、資金繰りに困るようになったのだ。

父の財産を生前贈与できないだろうか、と浩一郎に言ってきたのもその頃だった。自分が言っても聞く耳をもたないだろうから、長男である浩一郎からお願いしてくれないかというわけだ。

浩一郎は苦笑した。長男としての責任を全うしていない彼がそんな話をしたところで、父親が聞き入れるはずもないだろう。逆に、いつ実家に戻って来るんだ、と言われて藪蛇になるだけだ。美沙子や大悟を助けてやりたい気持ちはあるし、そうしてもらえれば浩一郎だって助かるだろうが、父の言うことを聞かないくせに、それを要求するのはさすがに筋が違うと思われた。

しかし美沙子は納得せずに、それ以来、大悟と結託して色々と言ってくる。念のために同居のことを、妻に訊いてみたが、嫌だ、と言われて終わりだった。

しかし、高齢になった父を実家に一人で置いておくのが心配なことも事実だった。

父の様子が怪しい、と和子叔母さんが連絡をくれたのが一年前。

買い物に出かけた後で、家に帰る道がわからなくなり、警察に保護されたらしいのだ。叔母さんが迎えに行って事なきを得たが、心配した浩一郎が、認知症の検査を受けるように勧めても、俺は大丈夫だ、余計な心配をするな、と怒るだけだった。それでいて、迷子になったことはショックだったらしく、俺も年だし遺言状でも書いておくか、と言い出した。

そういう経緯を経て、今では浩一郎が週末に実家に行き、まとめて買い物をしたり、身の回りの世話を焼いたりしている。平日は和子叔母さんや、その他の親族が面倒を見てくれているが、これがいつまで続くかはわからない。

この先、どうすればいいだろう。

そんなことを考えあぐねていた折に、父から長男の務めの話をされたのだ。

それを果たせば、浩一郎が現在抱えている問題はすべて解決するだろう。これまでずっと父に反発してきた自分が、追い詰められた末に長男の務めにすがろうとするのは皮肉なことだった。

だが、それは簡単に行くことではないし、一歩間違えば、すべてを失うことになるだろう。

長男の務めという言葉で美化されているが、それは明らかな犯罪だ。

——俺も年だし、遺言状を作ろうと思う。だが、それに際して長男のお前に言っておくべきことがある。

大事な話があると言って浩一郎を呼びつけた父が、そう切り出したのは夏のはじめの頃だった。開け放した窓からは爽やかな風が吹きつけ、手入れをしていない庭には名前もわからない雑草が生い茂っている。

家屋敷と不動産はすべて浩一郎のもので、それ以外の現金や証券類は大悟と美沙子で三等分するというのが、父の作ろうとしていた遺言状の内容だった。

大悟と美沙子が納得するとは思えなかったが、それを言ったところで父が納得するはずもない。それに、その時は父が本当にそんな遺言状を作るのかどうか怪しいとも思っていた。和子叔母さんから聞いた話では、迷子になった後も色々な思いつきを口にしては、実行に移す前に忘れてしまうことがあるらしいのだ。

――どうして俺だけが優遇されるのかとお前は思うかもしれないが、それにはちゃんと理由がある。それはお前には長男として果たすべき務めがあるからだ。

父はそんなことを言い出した。

――自分も長男として務めを果たした。だからお前も同じ状況になったらそれをしろ。

後に続く話を聞いた時は驚いたが、時間が経つにつれて、その衝撃も薄れていった。父の態度もその話をする前と変わらない。父はやはり認知機能が衰えているのだろう。この前のことも妄言で本気ではなかったのだ。そう思って自分を納得させていた矢先、父が公証役場で遺言状を作ったという話を和子叔母さんから聞かされた。和子叔母さんの娘が法律関係の仕事をしていて、その伝手で司法書士を紹介してもらったらしいのだ。それを聞いた瞬間、ぞっとした。あの話は本気だったのだ。

浩一郎は暗澹（あんたん）たる気持ちで、祖父の晩年を思い出した。

寝たきりになった祖父は、自分で何もできないのがもどかしいのか、日々の世話を焼く母に辛く当たった。食事がまずい、呼んだ時に来るのが遅い、着替えの時に冷たい手で触るな、と怒鳴り散らしては、事あるごとに聞くに堪えないような罵詈雑言を言い立てていた。

手伝いに来てくれた親族を不審者扱いしたり、孫の顔を忘れて浩一郎や大悟を泥棒と間違えることもあった。そんな状態が続いた後に自宅で息を引き取ったのだ。死因について、くわしいことは知らない。通夜の席で、親族たちが心不全とか老衰とかと話していたのを耳にしたが、父や母に訊いても、はっきりした答えは返ってこなかった。

祖父は高齢で寝たきりだった。だから死因について深く考えることはしなかった。それなのに、今になって父があんなことを言い出すなんて。

――あれは俺が殺したんだ。食事に毒を盛って。

川島家の家長たるもの、他人から嘲笑されたり、同情されたりして、晩節を汚すようなことがあってはならない。もしそうなるようなことがあれば、家長を継ぐべき長男がしっかりと始末をつけること。

それが川島家の長男の務めだと父は言ったのだ。

――この先、俺が自分の立場を忘れて、奇矯な振舞いをするようになったら、お前は長男としての務めを果たせ。

父は真面目な顔でそう言った。

あの時、祖父が死んで悲しいと思った人間は誰もいなかった。これで祖父の怒鳴り散らす声を聞かなくて済む、母もほっとしているだろう、と浩一郎は思ったものだし、大悟と美沙子も同じことを思ったことだろう。

父が同じことを思っていても不思議はなかった。母は自分の妻であって女中ではない。さすがにあの扱いは目に余る。そう思った末の行動だったならば、その言葉を嘘だと言い切れなかった。

長男として、自分も父を手にかけなければいけないのだろうか。

それを考えると、心がざわざわして落ち着かなくなった。自分には無理だ。そんな馬鹿げた話はこのまま忘れてしまおう。そう思いながら、気がつくと思い出しているのは、それをすれば、現在自分が抱えている問題がすべて解決するように思えるせいだった。

しかしどれほど考えても、それを果たす決心はつかなかった。かといって忘れることもできず、気がつくと堂々巡りのように同じことを考えている。やがて考えることに疲れると、気が塞いで、夜も眠れず、朝起きるのが辛くなった。

父を殺せば、介護問題に頭を悩ます必要はなくなる。遺産をもらって、経済的にも余裕が出るだろうから、早期退職制度を使い、すぐに会社を退職することもできるだろう。

他に方法がなければ現状に甘んじるしかない。しかし抜け出す方法があると知れば、そこに賭けてみたい気持ちが生まれる。そんなことができるはずがないし、したくもないと思いながらも、それをすれば浩一郎のみならず、大悟と美沙子も楽になるだろうと虫のいい考えが湧いてくる。

何より父が望んでいるのだ。それをして悪い理由が見当たらない。いや、もちろん法律的にも倫理的にも許される行為ではないのだが。

父は殺すための方法も伝授してくれた。俺もその方法で親父を殺した。証拠を残すことなく、安らかに人を殺せる毒が家にはあるというのだ。それを考えると気持ちが揺れ動く。そんな状態でげっそりとしていた浩一郎を、行きつけの小料理屋の常連客が心配してくれた。

先生と呼ばれている客で、病院に行くことを勧められたが、そこまで体調が悪いわけじゃない、と浩一郎が答えると、じゃあ、漢方薬はどうだい、と勧められた。

――病気とは言えない不調を治すには漢方薬がいい。近くにいい漢方薬局があるから行ったらどうかな。

漢方薬ねえ。

浩一郎は気が乗らなかった。

そういうことじゃなくて、自分ではどうにもならない問題があるんだよ。

そう言いたかったが、言っても仕方ないと思えば口も重くなる。

――いい薬剤師がいるらしいぞ、話をしただけでも楽になることがあるし、冷やかしでもいいから訪ねたらどうかな。

酒のせいもあるのだろう。熱心に勧められて、じゃあ、行ってみようか、と返事をした。

漢方薬だけではなく、他の分野でも博識な薬剤師がいると聞いたせいだ。文学、哲学、動物学、植物学と指を折って数える先生の言葉を思わず遮った。

――いま植物学って言ったかな。

――ああ、言った。漢方薬は生薬を使う薬だから、勉強を極めれば、植物学の知識も身につくんだよ。

――その薬剤師はなんて名前の人なんだい。

その時に教えられたのが、てんぐさ堂の宇月だったのだ。

もうすぐ約束の五時だった。

冷えたコーヒーを一口飲んで、浩一郎はため息をついた。

出向先では厄介者同然の扱いを受けている。本社との関係があるので、いきなり馘になることはないだろうが、給料は最盛期の半分ほどだし、職務上でまわりから顧みられることはほとんどない。

最近では、家でも妻や子供との関係は希薄だった。週末ともなれば、妻は趣味のサークル活動に出かけていくし、子供たちも友達との約束やクラブ活動で忙しい。浩一郎が実家に行くのに支障がないとも言えるが、仕事と介護が断続的に続いて、心が休まる時間がほとんどない。楽しみと言えば、仕事帰りに飲み屋に立ち寄るくらいのことだった。心身ともに疲労がたまっていくばかりで、このままだと酒の飲み過ぎで体を悪くすることになりそうだ。

そういう心配もあって、てんぐさ堂を訪ねたのだが、宇月という薬剤師はたしかに親切だった。問診表には書かなかったが、実は不調の原因は悩み事にあると言うと、話を丹念に聞いてくれた。父の介護や、弟や妹との不仲、職場での問題などを浩一郎はぽつぽつと語った。もちろん長男の務めについては言えなかったが、それでも話をすることで楽になれた。

それで最後に少しだけ、そのことを打ち明けた。すると宇月は興味を示して、その後にSNSを介してやり取りをする運びになった。

そうやって少しずつ話を進めた結果、今日ここで待ち合わせをすることになったのだ。

五時を過ぎた頃、宇月が喫茶店に入って来た。ステンレスの杖を手に、ゆっくり店の奥に歩いて来る。

浩一郎は急いで立ち上がった。

「すみません。思っていたより混んでいて、少し時間に遅れました」宇月は笑みを浮かべて頭をさげた。

「とんでもありません。お忙しいところ、お越しいただいてありがとうございます」

浩一郎はテーブルに手をつき頭をさげた。

「構いませんよ。仕事が休みで暇を持て余していたところです」

「お住まいはこのあたりなんですか」

「近くのウィークリーマンションに滞在しています。手頃な賃貸マンションを探しているのですが、条件のあった物件がなかなかなくて」

二人は椅子に腰かけた。

宇月の話によると、てんぐさ堂で働き始めて、まだ二ヶ月しか経っていないそうだった。

以前は沖縄や九州で派遣薬剤師をしていたが、知り合いから誘われて、東京に来たという。

「これまでは、主に調剤薬局で仕事をしてきたんです。漢方薬局は勝手が違うので、続くかどうかわからず、それでウィークリーマンションに滞在していたというわけです」

続きそうな目途がついたので、これから本腰を入れて住まいを探そうと思います、と宇月は言った。

「そうだったんですか。話しぶりから、あの薬局に勤めて長いのかと思っていました」

カウンセリングを思い出して浩二郎は言った。話し方が上手で、つい引き込まれてしまったことを思い出す。

「漢方医学は独学で勉強したんです。漢方薬局は数が少ないので、これまで働く機会に恵まれなかったんですが、今回はいい機会だと思って面接を受けました。調剤薬局は立ち仕事が多いんですよ。昔事故に遭ったことで手や足に後遺症があって、それで体がきつくなってきたんです」

座って仕事ができるのに加えて、お客さんとのカウンセリングに時間をしっかり取れるのが、今の仕事のいいところですね、と宇月は笑った。

「では宇月さんは理想の職場を見つけたわけですね」少し羨ましく思って浩一郎は言った。

「どうでしょうか。ただ話をしているだけでは売上になりませんと上司にはいつも注意を受けていますが」

注文を取りに来たウェイターにコーヒーを頼んで、「すみません。自分のことばかりべらべら喋って」と宇月は笑った。

「とんでもありません。私の相談は薬局で話すにはふさわしくない内容ですからね。気を使ってくださって、本当にありがとうございます」

浩一郎は深く頭を下げた。

てんぐさ堂を訪れ宇月と話をして、気分は少し楽になった。せっかくなので湯剤を出してもらったが、薬の説明を聞いて、あることが気になった。甘草という生薬を摂りすぎると、偽アルドステロン症という副作用が起きることがあるというのだ。

「日本ではあまり馴染みがないですが、欧米ではリコリス菓子を、普通にスーパーマーケットで売っています。常識的な量を食べるには問題はないのですが、多量に食べたり、漢方薬を使用していたりする場合は、その症状が現れる可能性があり、最悪の場合は生命の危険が生じることがあるんです。少し前に、その副作用で緊急入院した人がいて、同じことが起きないように注意喚起をしているところです」

その話を聞いて、浩一郎は胸をつかれた気持ちになった。

「漢方薬も飲み方を間違えれば死に至ることがあるんですね」

「漢方薬でも一般薬でも、飲み方を間違えば健康被害は起こります。『この世のすべての物質は毒であり、毒であるか、そうでないかは服用量が決める』とパラケルスス——十六世紀の医師兼錬金術師だった人物です——は言っています。水や塩や砂糖であっても、摂り過ぎれば命の危機が生じます」宇月は厳かに言った。

「……庭の植物を食べて、命を落とした人の話は聞いたことがありますが」

ふと、そんな言葉が口をついた。すると宇月は表情も変えずに、

「一般の人が思っている以上に毒を含んだ植物は身近にありますよ」と頷いた。そしてアジサイ、キョウチクトウ、イチイ、スイセン、シキミ、トウゴマと指を折って数えていった。

「アジサイとかキョウチクトウに毒があるんですか」

余計なことは言わない方がいいと思いながらも、質問しないではいられなかった。

「アジサイは、さほど気にすることはありません。料理に添えられた葉を食べるなどして中毒を起こす例があるようですが、重篤な症状に陥ることは稀のようです。しかしキョウチクトウには気をつけてください。幹や枝、葉、根とすべての部位に毒があります。キョウチクトウの枝に刺して肉を焼いたことで、その成分が肉に染み込み、中毒を起こして、死者が出た例も過去にあったそうですし」

宇月は植物を調べることを趣味にしているそうだ。漢方薬の勉強の延長ではじめたことが、今では全国各地の植物園をまわるほどに入れ込んでいるらしい。

浩一郎はごくりと生唾を飲み込んだ。この機会を逃してはいけないという声が耳の中で聞こえた。

「シキミはどうです。あれも危険な木ですか」

「シキミは実に毒があります。毒のある実——悪しき実が転じてシキミという名前が

ついたとも言われていますからね。アニサチンという神経毒の成分を含んでいて、植物としては唯一劇物として法規制を受けています」

劇物のくわしい意味はわからないが、毒性が強いことは間違いがなさそうだ。

「食べたりしたら、死んだりすることもあるわけですね」

「どうでしょうか。過去にシイの実と間違えて、お菓子に混ぜ込んで食べた学生が集団中毒を起こした例があったと思いますが、死亡した人はいなかったように記憶しています」

宇月はスマートフォンでその時の新聞記事を検索してくれた。

三十年ほど前、立川市にある昭和記念公園で起こったことだった。地元のNPOが主催した自然に親しむ集まりで、木の実を拾ってお菓子を作るイベントがあり、その時に誤ってシキミの実が混ざり込んで、その結果として二十数人が救急搬送されていた。

浩一郎は、その記事を読んで首をかしげたくなった。

父は、庭に植えてあるシキミを使って祖父を殺した、と言っていた。

祖父も過去に同じことをした。それは川島家の長男がするべき務めだとはっきり口にした。

「記事を見る限りでは、この集まりに参加していたのは若い人が主だったようですが、たとえば体力のない年寄りだったら、シキミの実を食べて、ぽっくり逝くこともありますか」

　思い切って、そんな質問をぶつけてみた。

「アニサチンは中枢神経を侵す毒で、摂取すると嘔吐、痙攣、倦怠感、下痢などの症状が起こります。この集団中毒が起きた事件でも、苦しさのあまり転げまわって骨折した人もいたということが、他の本に載っていました。摂取の量によって亡くなる可能性はあると思いますが、ぽっくりという表現が適切かどうかはわからないですね」

　シキミの実を摂取すると、中枢神経を侵されて、苦しんだ末に絶命するということらしかった。

　浩一郎は混乱した。あの朝、祖父が起きてこないのを不審に思って、母親が部屋に行き、そこで祖父が息をしていないことに気がついた。母の声に異変を感じて、父をはじめ子供たちも祖父の部屋に飛んでいった。普段と変わらない部屋の中、祖父は布団でひっそりと冷たくなっていた。顔が紙のように白くなっていたことを覚えているが、暴れたり、嘔吐したような痕跡はなかった。ただひっそりと息を引き取ったのだ。

「――どうかしましたか」

　声をかけられて、はっとした。

覗き込んでくる宇月の顔には、心配そうな表情が浮かんでいる。

「心配事やお困りのことがあれば相談に乗りますよ」

その言葉に心を動かされて、思い切って打ち明けようかとも考えた。この機を逃せば、ずっと一人で思い悩むことになる。しかしいきなりすべてを打ち明けるのは難しいことだった。

「……実は、実家の庭に色々な植物や樹木が植えられているんですが、祖父が亡くなった時、そのどれかを口に入れた可能性があることが最近わかったんです。それで、食べてぽっくりと死ぬような毒を持った植物があるのかな、と疑問を持って……」

とってつけたような話だったが、宇月は真面目な顔で聞いてくれた。

「それは気になることですね。植物には多少なりとも知識があるので、僕にできることなら力になりたいと思います。ただし、この場には相応しくない話のようにも思います」

たしかに漢方薬局で毒草の話をするのは考えものだろう。

「そうでした。考えなしに変な話をしてすみません」

浩一郎は頭を下げたが、宇月は笑顔のままで片手をあげた。

「断っているわけではないですよ。こちらに連絡をもらえれば、あらためてお話をお聞きします」

宇月はメモ用紙を出して神農本草と書いた。そしてあるSNSのアプリの名前をあげた。

「このアカウントに連絡をください。話の続きはそこでしましょう」

その後、SNSのダイレクトメール機能を使ってやり取りを重ねた。

そして、意を決して浩一郎は、電話ですべてを打ち明けたのだ。

話を聞いて、宇月はしばらく黙り込んだ。それからこんな質問をした。

「実家に行って、庭にあるすべての植物や樹木を写真に撮ってくることはできますか」

「もちろんできます」

次の日曜日、浩一郎は朝早くに実家を訪れた。明らかに雑草とわかる以外の植物と樹木のすべてをデジタルカメラで写真に撮った。手入れをずっと怠っているせいで、庭は荒れ放題になっていた。夏の頃よりはましとはいえ、それでも写真を撮り終えるのに一時間以上かかった。次に離れや納屋の内部も写真に撮った。それも宇月に頼まれたことだった。

それを終えた後で買い物に行き、父と一緒に昼食を取って、細かい雑用を済ませて、家を出て新宿に向かったのだ。

「これが撮ってきた写真です」

浩一郎はデジタルカメラを宇月に渡した。撮った画像は二百枚以上あったが、宇月は一枚一枚に丁寧に目を通した。

「……わかることがありますか」

宇月がじっと写真に見入ったままなので、不安になって浩一郎は訊ねた。

「そうですね」

宇月は考え込むような顔をして、

「特に問題のある植物はないですね。有毒なのはアジサイ、キョウチクトウ、シキミ、あとはナンテン、ソテツくらいですか。どれも間違って食べても、人が死ぬほどの毒性はありません。世の中には好事家の方がいて、毒性の強い植物を自宅でこっそり栽培していることがあるので確認させてもらいました。最近では、自宅の温室に冶葛を植えている人と会ったことがあります。ご家族がこっそり外国から持ち込んだものらしく、ご本人もその危険性は十分ご存じでしたが、間違いがあったらと考えるとぞっとしました。それが頭にあったので念のために確認させてもらいました」と言った。

冶葛とは、東南アジア原産のつる植物で、葉っぱ三枚で人を死に至らせるとも言われている毒草とのことだった。

「じゃあ、ウチにはそこまで毒の強い植物はないということですか」

ほっとすると同時に、肩透かしを食った気分になった。その点でもウチは普通の家らしい。

「離れと納屋の写真を撮ったのにも、何か意味があるんですか」

「毒草で人を殺すなら、そのまま食べさせるよりも、成分だけを抽出して食べ物に混入させる方が効果的です。お父さんの言葉が本当であるなら、それに使う器具があるかもしれないと思ったのです」

宇月はデジタルカメラを操作して、ある写真を選び出した。

「ちなみにですが、これは何ですか」

納屋の中を写した写真だった。農機具を押し込んだ棚の下にバネのついた板のような物が落ちている。

「ネズミ捕りですよ」

浩一郎が子供の頃、親族が近くの畑で農作業をしていて、採れた野菜をそこに貯蔵していた。

「ネズミがよく出て、それでネズミ捕りを仕掛けていたんです」

罠（わな）と薬を使って、その後ネズミは出なくなった。浩一郎はデジタルカメラを預かり、殺鼠剤（さっそ）の缶が写った写真を宇月に見せた。

「……なるほど。わかりました」宇月は眉間にしわをつくって頷いた。

「僕の杞憂（きゆう）だったようですね。この写真の中に、そういった器具は見当たりません」

離れは過去に浩一郎や大悟、美沙子が順に勉強部屋として使っていた。しかしその後はずっと放置されていて、勉強机と本には分厚く埃が積もっていた。

納屋には、ずっと昔に農作業をしていた頃の道具が乱雑に押し込められていた。奥には作りつけの棚があり、先祖代々受け継いだという古美術品の類いが整然と並べられているが、ほとんどは箱だけで中身はない。

「今日見せていただいた写真から察するに、お父さんが庭の植物の毒を使ってお祖父さんを殺したという事実はないように思います。お父さんの話は嘘、あるいは妄言だったのではないでしょうか」

宇月はデジタルカメラを浩一郎に返すと、はっきりと口にした。

浩一郎は唖然とした。父がそんな嘘をつく理由は思い浮かばない。だとしたらやはり妄言か。思った以上に父の認知機能は低下しているのかもしれない。

「話を整理させてください。ウチの庭には毒のある植物はある。しかし人を殺すほどに強い毒のある植物はない。だから父が言った長男の務めの話は、事実ではないということですか」浩一郎は言った。

「そう考えていいと思います」

しかし浩一郎は納得できなかった。

「でも昔は、その植物があったかもしれないじゃないですか。今は枯れたか、抜かれてなくなったけれど、昔はそんな毒草が植えてあったということが」

たとえば、その冶葛とかいう植物が。

「冶葛は日本には原生していません。毒性の強い植物ならトリカブトやドクウツギ、ドクゼリなどが思い浮かびますが、摂取するともがき苦しむことは確実で、自然死のようにぽっくり亡くなることはないと思います」

宇月はあっさり言い切った。

「仮にその想像が正しいとしたら、それで川島さんが抱えている問題は解決するんじゃないですか」

「どういうことですか」

「川島さんが悩んでいるのは、お父さんの認知機能の衰えが進んだ時に、長男の務めを果たすかどうかということですよね」

宇月は声をひそめて囁(ささや)いた。

「それを行うかどうかが問題で、お父さんがお祖父さんを殺したのかどうかを知りたいわけではないはずです。だったら答えは出たじゃないですか。お父さんをぽっくり殺すような毒草は現在実家の庭にない。他の毒草を使ったとしても、楽に殺すことは不可能です。そうしたことでお父さんが病院に運ばれれば、治療に当たった医師が疑いをもって、警察に連絡することだってあるでしょう。そんなことになれば、それこそ川島家の名誉は地に落ちますよ」

それはお父さんが望んでいることではないはずです、と宇月は浩一郎の目を見て言った。

「それが川島さんの抱えている問題の答えです。何がどうあろうと、お父さんを殺してはいけません。そんな考えはすぐに捨ててしまいなさい」

他に考える余地はないという宇月の言葉を聞いて、浩一郎は安堵した。

やはりそうか。考えてみれば至極当然のことなのだが、一人で思い悩んだ末に、何が正しいのかわからなくなっていたのだ。それでも、この先どうしようという不安が顔に表れていたのだろう。

「今後のことは、弟さんと妹さんとよく話し合った方がいいと思いますよ。ここまでのしがらみをいったんなくして、お互いの状況をそれぞれに尊重したうえで」と宇月は言った。

「難しいですね。私たちはこの関係性の中で生きてきたんです。私も、長男という立場にあぐらをかいて、弟と妹を蔑ろにしてきました。今になって態度を変えても、二人が受け入れてくれるとは思えません」

「問題はあるでしょうけれど、乗り越える方法はあると思いますよ」

「あの二人が興味があるのは父の遺産のことだけですよ。私が何を言っても聞く耳は持っていないです」

つい投げやりな言い方になった。

「この際、遺産のことも腹を割って話し合ったらいかがですか。お父さんが存命中にそんな話をすることは申し訳ないと思うのかもしれませんが、そこが燻（くすぶ）っている限り、お互いに歩み寄ることは難しいような気がします」

宇月は辛抱強く言ってくれたが、さすがにそれには頷けなかった。一筆書け、と言われても、わかりました、とは言えない。

「ここまで川島さんの話を聞いて、お父さんの考えの押しつけが、弟さんと妹さんを卑屈にさせてしまったように思いましたが、川島さんご本人はどう思っているんですか。お父さんの考え方は正しかったと思っていますか」

「そんなことはないです。長男はこうあるべきだという考えを押しつけられて、子供の頃から窮屈に思っていました」

だからこそ大学卒業と同時に家を出て、家庭を作ってからも戻らなかったのだ。

「これまでに、そういったことを弟さんと妹さんに話したことはありますか」

「ありません。そうでなくても、あの二人は私と距離を置いているので」

いや……違うかな。

あの二人が距離を置いているのではなく、自分があの二人と距離を置いているのかもしれないと浩一郎は考えた。

「それなら、今がそういったことを話し合うべき機会と捉えたらどうですか。これからどうしたいか、どうしたらいいかについて、忌憚のない意見をそれぞれの立場から率直に出し合ったらいかがでしょう。その後で三人が納得する方法をあらためて考えるんです。恨みつらみに時効はありません。それは時間が経っても消えたり、薄れたりすることはなく、逆に強くなることだってあります。昔のことだからいいやということはないと思います」

それはどこかできちんと向き合うべき問題なんです、と宇月は言った。

「今の時代、長男の務めというものがあるとしたら、そういったことをきちんと受け止めて、お互いのわだかまりをなくすように努めることだと思いますよ」

「……わかりました」

宇月の言葉を聞いて、気持ちを決めた。

「三人で集まって、これまでのことをすべて謝ります」

宇月の言葉を聞いているうちに、自分は父に反発しながらも、その裏でそれを利用していたことにあらためて気がついた。父にえこひいきをされても拒否はしなかった。きょうだいで平等にするべきだと訴えたり、自分がもらったものを二人に分け与えたりしようともしなかった。

家を出た後も、自分の家族の都合だけを優先して、母はもちろん、大悟や美沙子のことも顧みなかった。そんなことをずっと続けてきた長男が、父の介護に協力しろと言ったところで、二人が素直に頷くはずもない。まずは謝るところからはじめよう。二人がその謝罪を受け入れてくれるかどうかはわからない。しかしまずはそこに戻らないと、この先どうにもならないだろうことはわかる。とりあえずそこに戻るのだ。そこから先にどこまで行けるか、それは浩一郎の舵取り次第ということだろう。

「僭越ながらアドバイスをさせてもらうと、嘘やごまかしを言ってはダメですよ。一度口にしたことは取り消せませんので、くれぐれも発言には責任をもってくださいね。それからお金の話も大事です。介護にかかる費用も含めて、すべてオープンにした方が後々問題がないと思います」

「わかりました」

　浩一郎は苦笑した。宇月はおそらく大悟や美沙子よりもずっと若いだろう。そんな人間の言葉を聞いて、神妙にしている自分の姿がおかしかったのだ。

「話ができてよかったです。父の言葉を聞いて以来、ずっと心にわだかまっていたものが晴れました」

「記憶が曖昧になって、辻褄の合わないことを口にするのは、高齢の方にはよくあることですよ。この仕事をしていて、これまでに色々な方を見てきました。お父さんの話には驚かれたと思いますが、今後は話半分に聞いて、すべてを真に受けない方がいいと思います」

　宇月はそこだけ真剣な口調で言った。浩一郎は頷いて、

「でも、父はどうしてあんなことを言ったんでしょうか。もしかして自分でも祖父を何とかしたいと思っていたのかな」と呟いた。

　父は祖父の言いつけを守って川島家の家長になった――と浩一郎は思っていた。しかしそれは違ったのかもしれない。浩一郎と同じように、父も祖父に反発する心を持っていた。しかし時代的なこともあって、それを貫き通すことができなかった。表面上は従いながらも、積年の恨みが心の中にわだかまり、その結果として祖父を殺したという妄想を抱くようになったのかもしれない。それはただの想像だった。しかし宇月がさっき言った言葉を思い出すと、あり得ないと笑い飛ばすことはできなかった。

　恨みつらみに時効はありません。

　父の心に潜んでいたかもしれない暗い気持ちを思うと、背筋にひんやりとしたものを感じた。

「これは僕の勝手な想像ですが」

　宇月はそう言いながらスマートフォンを取りあげた。

「お父さんは市役所に勤めていたと仰ってましたよね。もしかしてですが、このイベ

ントに関連していたのかもしれません」

先ほどの昭和記念公園で起こったという食中毒の記事を検索して、浩一郎に見せた。

「主催は地元のNPOですが、近隣の市も協力したらしく、市役所から出席した人もいたようです。お父さんが出席したかはわかりませんが、新聞記事になるような出来事ですから、食中毒のことは知っていたと思います」

それでシキミに毒があるということを知ったのか。それと祖父への恨みつらみがからみ合って、自分が祖父を殺したという妄想を抱いたのかもしれない。

「でも妄想を持ったにしても、どうして自分を殺せとか言ったんでしょうか。罪悪感から来る言葉ならわかりますが、殺していないなら罪悪感を持つ必要もないわけで、それならやっぱり殺したという風にもとれますが」

殺意を抱いたことに罪悪感をもったのだろうか。考えると、さらにわからなくなってくる。

「答えの出ない問題に頭を悩ませるのは時間の無駄ですよ」

浩一郎が悩んでいると、宇月が声をかけてきた。

「そうなんですが、奥歯に何かがはさまったようですっきりしないんですよ」

すると宇月はにこっと笑って、

「川島さんのプライベートな話を聞かせていただいたので、代わりといっては何ですが、僕の話も少ししましょうか」と言った。

「えっ、はい。お聞きします」いきなりのことに浩一郎は少し驚きながらも頷いた。

「昔のことですが、実は僕も毒を飲まされたことがあるんです。その影響で今でも左手と左脚、それから他の場所にも麻痺が残っています」

思ってもみない言葉に浩一郎は言葉を失った。しかし宇月は表情を変えることなく、穏やかな口調で話を続けた。

「大学生の頃の話です。当時は、そこそこ女性にもてたんですよ。だから同じ大学に通う同級生の恋人がいながら、他の女性とも遊びまわっていました。今にして思えば、なんとも鼻もちならない男だったと思いますが、当時はそんなことを考えることもありませんでした。彼女は、僕のしていたことを薄々感づいていたんだと思います。でもそれについては何も言わず、僕もそれをいいことに行動を慎もうとは思いませんでした。どこかで彼女の許可を得たように思っていたのかもしれません。でも彼女は、ずっと僕の行動を我慢していたんです。そして、ある時にその我慢が一線を越えてしまった。彼女は、僕に毒を入れた紅茶を飲ませました。タリウムという無味無臭の毒です。僕は意識不明に陥り、救急搬送されました。幸いにも一命はとりとめましたが、体の一部に麻痺が残りました」

宇月はテーブルに肘をつき、左の手のひらを握ったり、開いたりしてみせた。たしかに指の動きがぎこちない。杖をついていたのもそのためだったのか。

「それで……彼女はどうなったんですか」

「自死したようです。後日、警察がアパートで彼女の遺体を発見しました」

浩一郎は絶句した。それでも何とか言葉を探して、「……何とも痛ましいことですね」とかすれた声で口にした。

「それはその女性が無理心中を図った、ということなんですか」

浮気性な恋人を殺して、自分も死のうとしての行動だったのか。

「わかりません。彼女は遺書を残さなかったんです。最初から僕を殺して、自分も死ぬつもりだったのか。あるいは少しこらしめてやるくらいの気持ちでしたことだったのが、僕が意識不明に陥ったことにショックを受けて、衝動的に自殺したのか」

彼女も、宇月と同じ薬学部の学生だったそうだ。

「だから化学の知識は持っていたはずで、それを悪用して恋人を殺そうとしたことに罪の意識を感じたということも考えられますが……」

宇月は感情を感じさせない声で言った。

「その紅茶を飲んでいる時、彼女が僕の顔をじっと見ていたんです。その時、これまでに見たことがないような表情が彼女の顔に浮かび上がっていて、これはなんだろう、彼女は何を考えているんだろう、と思ったことが彼女に関する最後の記憶です。気がついた時には病院のベッドで寝ていました」

体中にチューブが繋がれていて、意識が戻るまでには三日が経っていたそうだ。

「軽はずみな行為を繰り返していなければ、彼女の命が失われることはなかったと思うと、今でも後悔ばかりが心に募ります。この話をしたのは、他人に毒を飲ませるなんてことは、どんな理由があっても、絶対にしてはいけないことだと思うからです。川島さんのお父さんが現在どういう状態にあるのかわかりませんし、もしかしたらこの先、また同じことを口にすることがあるかもしれません。でも何を言われても、決して毒を飲ませるようなことをしないでください。相手はもちろんですが、それは自分をも苦しめる結果になります。だから僕と約束してください。何があってもお父さんの言う長男の務めは果たさない。この件はこれで忘れる、と――」

どうやら宇月は、浩一郎のことを心配して心に秘めた話をしてくれたようだった。

「わかりました。肝に銘じて忘れません」

浩一郎は感じ入って、何度も頷いた。

「弟と妹にも、これまでのことを謝ります。それであらためて今後のことを相談します。お金のことも含めて、包み隠さず正直に。それが長男として、自分がするべき務めだとわかりました」

ありがとうございます。本当に助かりました。

これまでにないほどに心身が軽くなった。浩一郎は感謝の念を込めて、その場で深々と頭を下げた。

4

飲み処しずかと書かれた暖簾(のれん)をくぐると、カウンターの中で料理をこしらえていた女将が頭をあげた。

「あら、先生、いらっしゃい」

笑顔を作り、「どうぞ」とカウンター席を指さした。

カウンター席が六つ、四人掛けのテーブルが四つあるだけのこぢんまりとした店だ。

「今日はこっちにする」とテーブル席に足を向ける。

「珍しいわね。お連れ様がいらっしゃるの?」

「ああ、後から来るよ。とりあえずビールを瓶でくれないか」

女将はてきぱきとした動作で、冷えたビールとグラス、お通しのキンピラゴボウをテーブルに運んだ。

「肉じゃがとあん肝なら、すぐできるけど」

「まだいいよ。二人揃ったら注文するから」

「かしこまりました。それではどうぞ、ごゆっくり」

手酌で小一時間ほど飲んでいると、ようやく待ち人が現れた。こつこつと金属製の杖が床を打つ音がする。顔をあげると宇月が立っていた。

「遅くなりました」

「いやいや、忙しいところ悪かったね」

立ち上がって、向かいの椅子を後ろに引いた。

「お気遣いなく。自分のことは自分でできますから」

宇月は微笑みながら、引かれた椅子に腰かけた。

「ビールでいいかな」と瓶を持ち上げる。

「あまり飲めないので、グラスに半分でお願いします」

女将が冷えたグラスと宇月の分のお通しを持ってくる。言われた通りの量をグラスに注いで、まずは二人で乾杯した。

「忙しかったかい」

「そうですね。千客万来とまでは行きませんが、そこそこお客さんは来るようになりました。これも先生のお陰です」

「俺は何もしてないよ。専務が優秀だったんだ。新しい漢方薬局を作るために、寝る間も惜しんで勉強していたからな。その成果が出たということさ」

「もちろんそれもありますが、陰から支える手があってこそ、奈津美さんの力が十二分に発揮されたんだと思います」

「それを言うなら君たちのお陰だよ。薬剤師がしっかりしているから、てんぐさ堂に来てくれる客が増えたんだ」

「そのしっかりした薬剤師をスカウトしたのは先生ですよ。僕はともかく、神崎さんと城石さんはてんぐさ堂の二枚看板ですし、そういう意味でも先生の働きはてんぐさ堂に欠かせないものになっています」

「大袈裟だな」

キンピラゴボウを箸でつまんだ。

「漢方薬に通じた、いい薬剤師がどこかにいないかって奈津美が愚痴っていたから、知っていた人間に声をかけただけさ。俺はそこまでのことはしていない。毎日不動産管理の仕事をちょろっとしては、パチンコ屋に顔を出して、夜はこのあたりで飲んだくれている。どこにでもいるような、だらしのないおっさんさ」

そう言い捨てると、おーい、つまむものを適当に見繕ってくれよ、と女将に声をかけた。

「飲んだくれていると言いながら、しっかりてんぐさ堂の宣伝をしているじゃないですか。この前来た川島さんって男性も、先生に勧められて来たと言ってましたよ」

「そう言われても、川島が誰なのかもわからない。飲んでいる時は相手の名前を聞かずに話をするからな」

「——はい、どうぞ」

女将が肉じゃがとあん肝、オクラとヌタの和え物を持ってきた。

「川島さんって、たまに顔を出す痩せた男の人ですよ。保険の会社に勤めていたけど出向させられた、島流しと一緒でもう本社には帰れないって、いつも愚痴っているじゃないですか」

そんなことを言われても思い出せない。

「酒を飲んだ時に聞いた話は、その場限りで忘れちまうんだ。その方が精神衛生上いいからな」

「こんなことを言ってますけど、中高年男性が隣に座ると、健康関係の話題で話しかけては、体調に悪いところがあれば漢方薬がいいと勧めているんですよ」

女将は含み笑いをしながら、宇月に言った。

「てんぐさ堂の名前を出して、あそこにいい薬剤師がいるって勧めているのも聞いたことがあります」

他の客がいないのをいいことに、テーブルの横に立って女将は話を続ける。

「隣の男性は関心なさそうだったのに、後ろのボックス席に座っていた派手な服装の女性が、興味津々で先生の話に聞き耳を立てていたこともありました。それで帰り際に、あの男性は何者ですかって訊かれました」

「なんて答えたんですか」宇月が訊いた。

「流しの薬剤師の方ですって答えておきました」

「ははは」と宇月が笑った。

「やめてくれよ。薬剤師は廃業したんだ」

「でも免許はお持ちですよね。それに奈津美さんはいつか復帰してくれると信じていますよ」

宇月の言葉に返事をせずに、天草武史は黙ってグラスを口に運んだ。

「あら、奈津美さんをご存じなんですか」女将が訊いた。

「はい。宇月といいます。てんぐさ堂に新しく入った薬剤師です」

「あら、これは失礼しました」

女将は割烹着の裾を直して、

「はじめまして。私、この店の女将の静香（しずか）といいます。狭い店ですが、今後も贔屓にしてくださいね」とお辞儀をした。

「はい。寄らせてもらいます。落ち着いた、いいお店のようですから」宇月は如才なく言葉を返して、

「ところで先生はこちらのお店に通われて長いんですか」と質問した。

「お店によく来られるようになったのは、ここ最近ですよ。でも知り合ってからは長いです。中学の同級生だったんですよ。私たち」女将は武史に目配せをした。

「なるほど。お二人とも、ここが地元なんですね」

「そうなんですよ。ちなみに先生って仇名をつけたのも私なんです。当時から、先生みたいに落ち着いて見えたので。彼の家が漢方薬局をしていたこともあって、それでみんなも先生って呼ぶようになったんです」

「なるほど。そんないわれがあったんですね」

二人は和気あいあいと話をはじめた。放っておけば他の客が来るまで話し込みそうだ。

「もういいよ。話があるんだから行ってくれ」

武史がわざと不機嫌な声を出すと、「はいはい。じゃあ、ごゆっくり」と女将は笑いながらカウンターに戻った。

「てんぐさ堂に戻る気はないんですか」

二人になると、あらためて宇月が訊いた。

「ないよ」武史は即答した。

「俺みたいに世間話のひとつもできない、むっつりしたおっさんがカウンターにいてもお客さんは喜ばない。きみたちがいれば、それで事は足りるだろう」

「でも長年、培ってきた経験があるじゃないですか。それは何物にも代えられない薬剤師の財産です」

「どうだかな。名前の知れた中医師が近くに開業していたから、てんぐさ堂の存在に意味があったんだ。その中医師が廃業すれば、存在価値がなくなるのは当然だ。それでも恵(めぐみ)──妻の名前だ──は生き残る道を探そうと頑張った。俺がもっと愛想がよく、客あしらいがうまくて、営業ができる人間だったら、恵と一緒に頑張る方法を考えることもできただろう。だけど俺は薬剤師以外の能力はからっきしだ。口下手で、人見知りで、人づきあいが壊滅的にダメなんだ。恵に色々なことを任せ過ぎた結果として、恵は病魔に倒れて、俺は八方ふさがりに陥ったんだよ。実際、恵がいなくなって、俺は本気でてんぐさ堂をたたむつもりだった。私が引き継ぐと奈津美が宣言しなければ、俺はとっくの昔にてんぐさ堂を閉めていた」

武史はグラスを手に取り、ビールをあおった。新たに瓶を持ちあげてグラスに注ぐ。

女将が空になった瓶を目ざとく見つけて、新しいビールを持ってきた。

「口下手で人づきあいが苦手とおっしゃいましたが、今は飲み屋で、見ず知らずの人間に声をかけて、てんぐさ堂を宣伝しているじゃないですか」

「たしかにな」武史は苦笑した。

「自分でも不思議だが、酒が入っているとできるんだ。今時の言葉で言えば、俺はコミュ障ってやつなんだろう。静香はああいうあけっぴろげな性格だから例外だけど、彼女以外に親しくしている人間は一人もいない。だから酒を飲んで喋っても、その場限りで、相手の名前も覚えていないってことになる」

「でもSNSで開設しているアカウントには、漢方薬の話が面白いってことで、フォロワーが大勢いるじゃないですか。色んな人と交流しているし、僕もそうだし、城石さんともそこで知り合ったということでしたよね」

「リアルに友達がいないから、SNSにはまったんだよ」

そう言ってから、あることに気がついた。

「その話は奈津美にはしていないよな」

「もちろんですよ。面接に行くに際して、知り合いだってことは内緒にしてくれって言われましたから」

「そうか……それならいい」

「城石さんは、どういう経緯でてんぐさ堂に来たんですか」

「SNSで漢方薬の質問をしてきたんだ。やり取りを重ねているうちに、今の仕事場をやめようか悩んでいると言ってきた。だから薬剤師を探している漢方薬局があると言っただけだ」

「なるほど。僕の時とはずいぶん違いますね」

「違ったかな」

「僕の時は、お前に漢方薬の何がわかるって、そちらからからんできたじゃないですか」

「からんだわけじゃない。神農本草なんて御大層なアカウントをつけているから、ずいぶん自信過剰な奴がいるなと憤慨しただけだ」

それで、どれだけ知識があるのか試してやれ、と宇月が投稿した文章にケチをつけたのだ。

「じゃあ、こうしててんぐさ堂に誘ってもらったのは、お眼鏡にかなったということですか」

「漢方薬の知識については、上の下といったところかな。それ以外の分野にも博識なところは正直言って驚いた。今時の若い薬剤師がロラン・バルトやゴダールやフロベールを語るんだからな。面白い奴だなと思っていたところに、体に不調があって立ち仕事がきついという愚痴を聞いた」

それで、ウチで仕事をしてみないか、と声をかけたのだ。

「ちょうど欠員が出たところだったんだ。要はタイミングがよかったということだ」

「それにしては、面接に際して、インターネットの求人募集広告を見て応募したことにしてほしいと言われましたよね。武史さんが紹介したことが、奈津美さんに知られると困ることでもあったんですか」

「困ってことはないが、知れたら奈津美に気を使わせる。父は薬剤師を引退して、不動産管理をしながら、日々ぶらぶら遊んでいる。そんなスタイルを守るための方便だ」

「そもそもの話、そんなスタイルを守らなければいけない理由がわかりませんよ。てんぐさ堂の社長は天草さんなんですから、表立って奈津美さんに協力すればいいじゃないですか」

宇月は箸であん肝をつまみながら、不思議そうな顔をした。

武史は顔をあげて、焼酎のお湯割りをくれ、と女将に言った。

「まあ、そうなんだろうけれど、あいつと一緒に仕事をするのが辛くてね。奈津美の母親がすい臓がんで亡くなった話は聞いたかな」

「はい。奈津美さんから聞きました」

「知っていると思うが、すい臓がんは自覚症状がほとんどなくて、気がついた時には症状が進行していることが多いがんだ。恵の場合もそうだった。病院に行った時には、他の部位に転移して、かなり厳しいことになっていた」

そこでいったん口をつぐむ。女将が焼酎のお湯割りを持ってきた。それで口を湿らせてから、大きく息を吐き出した。

「当時から、それを思わせる兆候はあった。疲れやすくなった、頭が重い、動悸がして気分が悪くなる。恵はよくそんなことを言っていた。でも俺は聞き流してしまった。真剣に話を聞いて、精密検査に行くように勧めるべきだった。でも俺はそれをしなかった。疲れが溜まっているか、あるいは更年期障害のせいだと考えた。女性は閉経後にホルモンバランスが崩れて、体調に色々と問題が出てくる。恵も一時期、のぼせやほてりに悩んで加味逍遙散を飲んでいた。だから証が変わったのかと思い、女神散に変更した。薬を飲んでよくなった、もう大丈夫と恵は言った。でもそれは俺を安心させるための嘘だったんだろう。仕事を休んで、病院に行くのが嫌だったんだ。貧乏ひまなしと言うが、当時は儲けがない割にやることは多くて、休みを取れない状態が続いていた。そうして体調はどんどん悪くなり、ついには仕事の途中で気分が悪くて動けなくなった。それでようやく病院に行った。俺が気を使って、もっと早く病院に行かせていれば、違う結果になったかもしれない。そうしていれば恵はまだ生きていたかもしれない」

ドアがあいて客が入って来た。いらっしゃいませ、と女将がよく通る声を出す。

「……恵さんは気の毒だったと思います。でも武史さんが一人で責任を感じることはないと思います」

壊れ物をそっと置くように宇月が言った。しかし武史はゆっくり首を横にふった。

「薬剤師というのは、人様の相談を受けて、健康管理を担うのが仕事だよ。妻という大事なパートナーの健康状態を蔑ろにしておきながら、いまさら人様のカウンセリングなんてできないよ」

当時のことを思い出す。売上は右肩下がりで、薬局は赤字が続いていた。賃貸収入があるからやっていけたが、このままでいいとは思えなかった。奈津美を大学に通わせるための学費もある。それを捻出するためにも、なんとしても赤字は減らしたかった。実は、その頃から武史はてんぐさ堂をたたむことを頭の片隅で考えていたのだ。

しかしそれを相談しても、恵は納得しなかった。

――あなたのお祖父さんが開いたてんぐさ堂をここで終わりにするのは忍びないわ。それに奈津美も、一緒に仕事をするつもりで頑張っているし。

私も頑張るから、あなたも自分のできることを頑張って、と日々励ましてくれた。

「薬局の売上管理、役所との関係、近隣とのつきあい、薬の卸との折衝、そういった諸々のことをすべて恵がやっていた。俺はそれに甘えて、何もしなかった」

すべてを任せ切りにしていたせいで、恵は弱音を吐くことができず、自身の体調不良から目を背けて、その結果として死んだのだ。

「体の不調を口にするあいつに、俺は病院に行くことを強く勧めなかった。ただ漢方薬を飲ませただけだ。本気で恵の健康を気遣っていたら、もっと踏み込んだ行動をしていたはずだ。もしそうしていたなら、結果が同じであっても、また違った気持ちでいられたかもしれない。でも俺は自分のことに精一杯で、あいつの心配を本気でしなかった」

そんな人間が薬剤師の仕事を続けていいと思うか、と武史は言った。

「答えはノーだ。俺には薬剤師の仕事を続ける資格がない。だから薬剤師をやめたんだ」

「気持ちはわかりますが……」宇月が眉をひそめて、「そこまで自分を追い詰めなくてもいいと思います」と言った。

「追い詰めているわけじゃない。事実としてそうなんだ。漢方薬局の客は女性が多い。それも更年期を迎えて、体調不良に悩む女性が多く来る。症状を訊いて、証を判断して、漢方薬を出す。これまではそれに疑問を抱いたことはなかった。でも今は違う。この症状は本当に更年期障害なのか。もっと他の病気の可能性はないのか。そんな疑問が常に頭にちらつくんだよ。俺が間違えたら、取り返しのつかない結果になるかもしれない。その年代の女性は特に抱えているものが多い。自分の仕事、子供の世話、親の介護。自分の見立てが違っていたら、関わるすべての人に多大な迷惑をかけることになる」

そう思ったら、怖くなったのだ。

「自分のような人間に薬剤師をする資格はない。それでやめようと思ったというわけだ」

「うーん」

宇月は腕組をして唸った。「なんというか……似ていますね」

「似ているって、何が？」武史は訊いた。

「いや、なんでもありません」宇月は笑いながら首をふった。

「武史さんの気持ちはわかりました。でもどうしてそれを奈津美さんに話さないんですか」

「そんなことを言えば、あいつも責任を感じるだろうからさ。薬剤師を目指す者として、自分も母親の異変に気づくべきだった。そう考えるに決まっている。あいつはそうやって俺の責任の半分を担おうとする。俺はそういう風にさせたくないんだ。だから妻の死に伴って、気力を失い、職場放棄をしたダメ親父というポジションに自分を収めた。そうやって陰ながら、あいつを見守ってやるのが一番だと思ったんだよ」

ドアが開いた。また新しい客が入って来た。

あら、いらっしゃい、お久しぶりです、そちらにどうぞ。

女将の快活な声が店内に響く。

「奈津美は、恵に似ているんだよ。自分よりもまわりを優先する。必要以上にみんなの気持ちを気遣おうとする。一人ですべてを抱え込み、挫(くじ)けそうになっても弱音を吐かない。それは決して悪いことではない。でもあまりに度が過ぎれば心配にもなるわけだ。かといって、つきっきりであれこれ口を出すのは過保護というものだ。そういうこともあって黒子に徹して助けることを考えたんだ」

そう言って焼酎のお湯割りを飲み干した。不思議なことに、どれだけ飲んでも酔いがまわらない。普段であれば、いい気持ちになってくる頃合いだ。しかしいまだ頭は冷静だった。それでいて宇月に家族の話をすることに抵抗はない。

なんだか妙な塩梅(あんばい)だった。

普段であれば、もっと酔っぱらった後に饒舌になるはずだった。そして、そうなったとしても他人に家族の話などをすることはない。

宇月と面と向かって話をするのはこれが二回目だった。最初はてんぐさ堂の採用面接を受ける前。彼の人となりを確かめたいと思って会ったのだ。

「黒子に徹して、薬剤師の勧誘と酔客への宣伝をはじめたわけですか」

「まあ、そんなところだな。これまで薬剤師には十人以上声をかけている。飲み屋で話しかけた客は百人はくだらないだろう」

「それって、ある意味、薬剤師の仕事よりも大変じゃないですか」

「そうでもないさ。効率は悪いが、自分にできることをしようと思えば、これくらいのことは何でもない。それに大学を出た後、この年までずっとてんぐさ堂で働いてきたからな。薬剤師以外のことをしたことがなかったから、今やっていることは新鮮で楽しいよ。不動産の管理もよそに頼めば金を取られる。てんぐさ堂の先行きを考えても、自分でできることはすべてやるつもりだよ」

「奈津美さんには内緒で、これからもこの生活を続けるわけですか」

「言えばあいつは気を使うし、場合によっては無理をする。だから黙っていた方がいいんだよ」

武史はそこで膝に手を置き、背筋を伸ばした。

「そういうわけで、てんぐさ堂のことを君によろしく頼みたい。ふつつかな娘だが、面倒を見てやってくれないか」

「なんですか、それは。まるで奈津美さんを嫁に出すみたいな言い方じゃないですか」宇月が呆れた顔をする。

「嫁に出す方が気が楽だ。別の場所に行くわけだからな。脇目もふらず、一人で遮二無二に頑張っている姿を見る方が俺には辛い。だから君に頼みがある。あいつが無理をしていたら、こっそり俺に教えてほしいんだ」

「それはいいですが、でも、どうして僕なんですか。神崎さんや城石さんの方が、気心が知れていると思いますけれど」

「気心が知れていると却(かえ)って気がつかないこともある。それに奈津美からきみの話をよく聞いている。俺が酔っ払って帰ると、ぶつぶつ文句を言いながらも、その日薬局であったことを色々と話してくれるんだ。それによるときみは探偵張りの活躍をしているそうじゃないか。お客さんの抱えた厄介事を解決したり、昔の謎を解いたり、あいつが見逃した副作用に気づいたりと」

「たいしたことじゃないですよ。たまたま僕が気づいたというだけの話です」

「そのたまたまが難しいんだよ。そのたまたまが起きるかどうかで、人の運命が大きく変わることもある」

たまたまでもその可能性に思い当たっていたら、恵は死なずにすんだかもしれない。いまさら考えても仕方がないことかもしれないが、そのことを思わない日は一日としてなかった。

「そういうわけで、きみの洞察力を見込んで頼んでいるわけだ」武史は宇月をじっと見た。「ただとは言わない。こんなところで悪いが酒とつまみをご馳走する」

「わかりました」宇月は笑った。「そういう様子があったら言いますよ」

「ありがとう。引き受けてくれたお礼に今日は奢るよ。好きなものを注文してくれ。そうは言ってもたいしたものはないけどな」

武史はメニューを宇月の前に置いた。それから焼酎のグラスを持ち上げ、しかし空だったことに気がついた。

「おーい、お代わり」

手をあげて女将に注文をした。

「それにしても奈津美が俺に似ないでよかったと思うよ。口下手で人見知りの俺に似ていたら、とてもあそこまで頑張れなかっただろうからな」

武史はしみじみと言ったが、宇月は、えっという顔をした。

「そんなことはないですよ。奈津美さんは武史さんに似ています」

「似ているってどこが」

「責任感が強くて、馬鹿がつくほど真面目なところですかね。まさに親子だと思いますよ」

「馬鹿なことを言うなよ。俺なんかに似ていたらあいつが可哀想だ。俺になんて似ないでいいんだよ」

そう言ったところに、女将が焼酎のお代わりと刺身の盛り合わせを持ってきた。

「なんだ。刺身なんて頼んでないぞ」

「川島さんから頼まれていたの。先生に勧められて、てんぐさ堂に行って、漢方薬はもちろん、他のことでも相談に乗ってもらってすごく助かったって。だから先生が来たら、何か一品サービスしてほしいって言われたのよ。そういうわけで、これは川島さんからの差し入れ。お金はもらっているから、遠慮しないで食べてちょうだいね」

　言葉の後半は宇月に向けている。

「ありがたいが、でも豪華だな。中トロに赤身、タイ、イクラ、ボタンエビにヒラメのエンガワか。高そうだが大丈夫なのかよ」

「半分は私の奢りよ。こんなところでも、この程度の料理はできるって腕前を見せただけ」

「なんだ。聞こえていたのか。地獄耳だな」武史は肩をすくめた。

「こういう店を一人でやっていると、自然と耳聡（みみざと）くなるものなのよ」と女将は笑い、

「他に欲しいものがありますか。あれば作りますよ」と宇月に言った。

「そうですね……サトイモの煮物とかありますか」

　宇月は遠慮がちに口にする。

「サトイモはないんじゃないかな」

　普段は置いていないし、『本日のおすすめ品』にも載っていない品だ。

　しかしそれを聞いた女将が、あっという顔をした。

「明日のランチに出そうと思って、いま仕込んでいるところなのよ。どうしてそれがわかったの？」

「店に入った時に、ふっと匂いがしたんです」

「匂い？」

武史と女将は顔を見合わせて、鼻をくんくんと動かした。

「わからないぞ」「わからないわ」

きょとんとする二人を尻目に、「昔事故に遭って、それ以来鼻と耳が利くようになったんですよ」と笑った。

「あら、事故って、交通事故？」

「……そんな感じですね。たいした事故ではないんですが、それ以来体が少し不自由になりまして、その代わりと言ってはなんですが鼻と耳が利くようになりました――」

それは初めて会った時に聞いた話だ。

武史はお代わりした焼酎を飲みながら、宇月と女将が話をする様子を見守った。

5

「ああ……無理を言って悪かった。近くなったら、また連絡するよ」

美沙子との電話を切って、浩一郎は、ほっと息をついた。

今週になって五度目の電話だ。話を重ねるうちに、お互い冷静になれて、やっと家族会議の日取りが決まった。

三人で話し合いの場を持つことが何よりも重要だ、自分に悪いところがあれば直すから、まずは直接会って話をしたい、と言い続けて、ようやく美沙子が軟化した。

もっとも、これは最初の一歩に過ぎない。大悟と三人で会って、その後にどういう形で話を進めるのがいいのか、それを考えなければならないだろう。

その間もずっと浩一郎が父の面倒を見なければならず、最終的に問題が解決するのがいつになるのかは見当もつかない。

途中で決裂して、最初からやり直しになる可能性もあるわけだし、どれだけ話し合いを重ねたところで、問題がうまく解決するという保証もない。

それを考えると頭が痛くなるが、だからといってやめるわけにもいかない。自分のため、自分の家族のため、そして父と弟、妹のために頑張るだけだった。

まあ……それはいい。

浩一郎には、他に気になることがあった。

宇月に言われた言葉だ。

——恨みつらみに時効はありません。それは時間が経っても消えたり、薄れたりすることはなく、逆に強くなることだってあります。

それを聞いた時は、そういうこともあるだろうと思った。大悟や美沙子が自分を恨んでいたように、父が祖父を恨んでいたこともあるかもしれない。しかし、ある時にふと気がついた。じゃあ、母はどうなのだ。母が父を恨んでいたことはないのか。祖父を恨んでいたことはないのだろうか。

そう思うようになったきっかけは、実家で父の世話を焼いていた折、手持ち無沙汰に本棚に並んでいた本を手に取ったことだった。沼田聡という作家のミステリー小説で、かつて市役所で働いていた部下の部下が、作家になって出した本だということだった。

小学校で子供が毒殺されるという内容で、トリックにも結末にもさほど面白味はなく、斜め読みして、一時間ほどで読了したが、そこに出てくる毒物に目が留まった。殺鼠剤だった。現在は違うようだが、昔はヒ素が含まれた殺鼠剤がよく使われていたらしい。ヒ素は無味無臭で、毎日少量ずつ摂取すると次第に衰弱して死に至る。実際、中世ヨーロッパにおいては暗殺に使う薬の代名詞にもなっていたそうだ。

そういえば殺鼠剤は納屋にあった。

それを使えば、寝たきりの老人を自然死に見せかけて殺すことが可能かもしれない。

しかし、父は男子厨房に入らずを地でいくような人だった。

毎日、少しずつ殺鼠剤――ヒ素を食事に混入させるようなことはできなかったはずだ。考えすぎだと思ったが、いや、でも、それをできる人がいると気がついた。母だ。

その瞬間、首筋を冷たい手に鷲づかみされた気分になった。

母の実家は東北の農家で、八人きょうだいの真ん中だと聞いたことがある。どういう事情で嫁いできたのかは知らないが、舅と父に仕えて、家事と育児と介護にその半生を費やしたということはわかる。

母は祖父を恨んではいなかっただろうか。

嫁いできた直後は箸の上げ下ろしに文句を言われて、妊娠中や育児中も家事をさせられたという話を聞いたことがある。そして子供の手が離れた後は、寝たきりになった祖父の介護をすべて任された。当時の川島家は家長の権限が絶対だった。それに逆らって、母に生きる道はなかった。あの頃の母は一体何を思い、何を考えて日々を暮らしていたのだろう。

祖父はひっそりと息を引き取った。シキミを使って自分が殺した、と父は言った。

シキミはもちろん、そんな毒をもった植物は庭にない、と宇月は言った。

だが、その毒が植物のものではなかったとしたらどうだろう。

罪悪感から母はその事実をずっと黙っていた。

しかしその後、母は認知症を患った。認知機能が低下すれば、罪悪感が薄れて、それまで隠していたことを口にしてしまうこともあるだろう。子供がいなくなって二人暮らし。ある時、認知症の母がその事実を口にした。父はショックを受けて怒っただろう。なんでそんなことをしたと怒り狂ったかもしれない。しかし母がそこで謝ったとは思えなかった。謝るくらいなら、最初から言うはずがないからだ。

逆に、それまで溜め込んできた祖父に対する恨みつらみを口にしたかもしれない。

いや、それはきっと祖父だけに対する恨みつらみではなかったはずだった。

川島家に対する恨み、父への恨みつらみ――もしかしたら、そこには子供たちも含まれていたかもしれない。ずっと見て見ぬふりをして、助けようともしなかった子供たちへの恨みが……。

正気を失って、積年の恨み事を延々と口にし続ける母に対して、父はどんな思いを抱いたのだろう。

もちろんそんなことがあったという証拠はない。ただの想像だ。

しかしその後、母は夜間に一人で外に出て事故に遭い亡くなり、父はすっかり気落ちして、昔のように家長だの長男だのと言うことはなくなった。

それが母の告白を聞いたせいだと考えるのは、突飛な想像といえるだろうか。

でも、それなら父は何故今になってその話を浩一郎にしたのだろう。

しかも長男の務めだとかいう作り話をでっちあげてまで……。

その答えもすぐに思いついた。

自分の認知機能も衰えたと感じたからだ。

母と同じように、いつかそれを子供たちに喋ってしまうかもしれないことを恐れたのだ。そしてそれを隠すために、あんな話を浩一郎にしたのだろう。そうしておけば将来、認知機能が完全に衰えて、それをぽろりと口にすることがあっても、本当は自分でした癖に惚けて母のせいにしようとしている、と子供たちが考えると思ったのだ。母が祖父を殺したという事実を隠すため、あえて自分が父殺しの罪を被ろうとした。その告白を聞いてはじめて、自分が妻を蔑ろにしていたことに気がついたためだ。しかし今さらどうしてやることもできない。だからせめて子供たちにその事実は隠しておきたいと思った。

そう考えた末に、浩一郎を呼び出し、あの話をした。それは父の、母に対するせめての贖罪の気持ちの表れだったのだ。

そこまで考えて、浩一郎は大きなため息をついた。

それはただの想像だ。

そうだという証拠は何もない。

こうだったかもしれないという希望的観測に基づいた、記憶の残滓の寄せ集めに過ぎない。

しかし、今であれば知る方法はある。

父に訊くのだ。

宇月と話をした時、彼の言葉に微妙なニュアンスが見え隠れしていたことを思い出す。

――それを行うかどうかが問題で、お父さんがお祖父さんを殺したのかを知りたいわけではないはずです。

それは、真実を知ろうとしてはいけない、事実だけを見て物事を判断しろ、という意味に思えた。浩一郎の話を聞き、納屋の写真を見て、宇月はその可能性に気づいていたのだろう。

だから余計なことを考えないようにと釘を刺したのだ。

気づかなければよかったのかもしれない。しかし浩一郎は気づいてしまった。そして気づいてしまったら、もう知らないふりをすることはできない。

父の心中を慮(おもんぱか)って、今後も知らないふりをするという選択肢もある。しかしこのまま父の認知機能の衰えが進めば、訊いても答えを得られない時がいつか来るだろう。そうなってからでは遅いのだ。答えを聞くのは今しかない。今が最後のチャンスだった。

知らないふりを押し通すべきか、あるいは真実を聞き出し、内容によっては、自分がそれを墓場まで持って行くべきか。

長男の務めとして、正しいのはどちらなのだろうか。

そんなことを考えながら、浩一郎はいまだ悶々(もんもん)とした日々を過ごしている。

6

仕事を終えて、二階の自宅に戻ったところで、ふいに大きなくしゃみが出た。

郵便受けから取り出した郵便物の束をテーブルに置き、奈津美はティッシュペーパーで洟（はな）をかんだ。母が生きていたら、誰かが奈津美の噂（うわさ）をしているよ、と笑ったことだろう。

しかし、こんな時間に自分の噂をする人間がいるとは思えない。

インスタント・コーヒーを入れて、タブレットに届いた予約メールに目を通す。中に加納有紀から来たメールがあった。

『先日はありがとうございます。色々と調べた結果、やはり湯剤を飲んでみようと思います。会社の友人に話をしたら、彼女も興味を抱いたようで一緒に行きたいと言っています。あらためてそちらの予約もしますので、よろしくお願いいたします』

備考に記載された文章を読んで、思わず頬が緩んだ。宇月のお陰で顧客が増えるかもしれない。明日このことを報告しておこうと考えた。

宇月に、事故の顛末（てんまつ）を聞かされた時は驚いた。

恋人に毒物を飲まされた結果として、体に障害が残るようなことになっていたとは、まるで思いもしないことだった。原因となった当時の彼の行状は、同じ女性として許せないものだったが、現在においては深い悔恨を抱いている様子が窺えた。亡くなった恋人への供養のためにも、宇月は自分の体の麻痺を受け入れ、薬剤師として、患者さんにできることはすべてしようと考えているらしい。

宇月が、お客さんの体調や気持ちを常に気にかけて行動しているのには、そんな理由があったのだ。

それを聞いて、二言目には売上、売上としつこく言っていたことを奈津美は反省した。そして宇月にはもっと自由に行動してもらおうと考えた。その方がきっと、てんぐさ堂にも、お客様にもいい結果をもたらすことだろう。

奈津美は郵便物の束を手に取った。

請求書やダイレクトメールがほとんどだったが、一通だけ宇月様宛の葉書があった。箕輪京子から届いたものだ。宛名を確認する際に文面が目に入った。

『木天蓼のことを教えていただきありがとうございます。すっきりした気持ちになれて、驚かせてしまった子供たちにも謝ることができました。今ではすっかり仲良くなって、朝の散歩の時にチャコを撫でてもらっています』

よかった。これも宇月のお手柄だ。ただし彼女の記憶が前後していたことは気になるので、今後は薬局に来た時に気にかけようと思った。

スマートフォンのアラームが鳴り出した。

奈津美は急いでリモコンでテレビのスイッチを入れた。チャンネルを合わせてからキッチンに行き、ドライフルーツとチョコレートを持って来た。

そのままソファに座って、食べながらテレビを見る。

ユリアが映ったのは十時半を過ぎた頃だった。昼番組の食リポの評判がいいらしく、夜の番組にもスポット出演となったのだ。和牛と有機野菜を使用したというハンバーガーを頬張り、満面の笑みを浮かべて美味しさを伝えている。頑張っているな、と思ったら嬉しくなって、無料通話アプリを使って、『見たよ。美味しそうにハンバーガーを食べていたね』とメッセージを送った。

しばらくしてメッセージが返って来た。

『見てくれたんだね。ありがとう。ご飯はちゃんと食べている？　チョコレートばかり食べていたら栄養が偏るよ』

どうやら見抜かれているらしい。

『麻布十番に行くのは来週だね。すごく楽しみ』

約束はしたものの、お互いの休みが合わずに、延び延びになっていたのだ。

『こっちこそ楽しみにしているよ。ユリアちゃんも食べ過ぎに気をつけて頑張ってね』

スマートフォンを置いて立ち上がる。明日は亡くなった母の月命日だ。仏壇の前に立ち、母の遺影に手を合わせる。

「お母さん、とりあえず今日も無事に終わりました。てんぐさ堂はまだしばらくはやっていけそうです」

そう声に出して言うと、遺影の母も微笑んだような気がした。

薬は医師や薬剤師に相談のうえ使用してください。
この物語はフィクションです。もし同一の名称があった場合も、
実在する人物・団体等とは一切関係ありません。

〈参考文献〉

『マンガでわかる東洋医学の教科書』監修／三浦於菟　マンガ／中西恵里子　ナツメ社
『よくわかる漢方・薬膳』柳沢侑子　ユーキャン学び出版／自由国民社
『生薬と漢方薬の事典』田中耕一郎　日本文芸社
『基本がわかる　漢方医学講義』日本漢方医学教育協議会　羊土社
『フローチャート漢方薬治療』新見正則　新興医学出版社
『フローチャート女性漢方薬』新見正則・鈴木美香　新興医学出版社
『医師・薬剤師のための漢方のエッセンス』幸井俊高　日経ＢＰ
『ミドリ薬品漢方堂のまいにち漢方　体と心をいたわる365のコツ』櫻井大典　ナツメ社
『毎日の食事で心と体をととのえる　漢方ごはん』監修／櫻井大典・井澤由美子　永岡書店
『毒草を食べてみた』植松黎　文春新書

宝島社
文庫

「舌」は口ほどにものを言う　漢方薬局てんぐさ堂の事件簿
（「した」はくちほどにものをいう　かんぽうやっきょくてんぐさどうのじけんぼ）

2023年7月20日　第1刷発行
2024年5月23日　第3刷発行

著　者　塔山 郁

発行人　関川 誠
発行所　株式会社 宝島社
〒102-8388　東京都千代田区一番町25番地
電話：営業 03(3234)4621／編集 03(3239)0599
https://tkj.jp
印刷・製本　中央精版印刷株式会社

ISBN 978-4-299-04463-1